戦乱の時代をどう生きるか？

―ブレヒトと墨子『転換の書　メ・ティ』の考察

根本萠騰子

同時代社

はしがき

いつの時代にも、戦争、戦乱は存在した。私たちにとって一番近い過去の大戦争は第二次世界大戦であった。人々は戦争の危機から逃れようとしたが戦争に巻き込まれ、多くの人が生命を失い、平和な日常生活が破戒され、戦争終結まで膨大な犠牲を払った。しかも、次の対立抗争の火種が残った。

国際的緊張が高まる現在、迫りくる戦争の危機に、個人の立場からどのように対決していけばよいのだろうか？

戦争をめぐっての古人の知恵に気づいたドイツの劇作家ベルトルト・ブレヒト。彼はナチスドイツのファシズムから逃れ、亡命の旅にあった道すがら、演劇活動を続け、いくつかの作品を書き上げながら、同時に携帯した独訳本『墨子』を読み続け、やがて『墨子』に由来する『転換の書　メ・ティ』を書いた。

ブレヒトの生きたファシズムの時代と、墨子の生きた中国戦国時代を結びつける共通の問題は、圧倒的な暴虐のなかで、個人はどう生きるかという問題である。

孔子をはじめとする中国古代の思想家たちは、王侯はどう国を治めるかという視点から、君子の身の処し方を教えた。一方ブレヒトはファシズムが権力を奪取したころ、戦乱の時代の庶民の身の処し方を説いている『荘子』『墨子』を見出した。

墨子は戦乱の世にあって、「非攻」と「兼愛」を説いて反戦の思想に基づく行動を起こした人である。墨子の言行録が二〇世紀の劇作家ブレヒト(一八九八―一九五六)の手によって新たな読み方、行動の指針が提案されることになった。

墨子(本名、墨翟)は中国戦国時代の思想家で、彼の言行録は『墨子』に集められている。彼が活躍したのは、紀元前四五〇年ころから、紀元前三九〇年ころと考えられている。

その墨子とブレヒトの出会いは、アルフレート・フォルケ訳の『墨翟 Mê Ti』であった。この書を持ってブレヒトはナチスの弾圧から逃れて、一九三三年二月に始まる一五年に及ぶ亡命の旅に出た。この年の五月には、ナチスによって彼の全著作の禁止、焚書の処置が取られた。

デンマークに始まる亡命の日々に書き進められたのが『転換の書　メ・ティ』という、『墨子』に似せた思想家「メ・ティ」の言行録である。この原稿は『転換の書　メ・ティ』とタイトルが付けられ、一部は印刷用にまとめられていたが発刊されず、また、残余は原稿として遺された。最後の記述はベルリン帰還後の一九五五年である。

『メ・ティ』(以下『転換の書　メ・ティ』をこのように呼ぶ)を書く動機をブレヒトは、古い時代の思想の発掘をすることとして、次のように述べている。

> メ・ティは言った。瓦礫のなかに青銅や鉄を見つけたら、人は問いかける。これは古い時代にどういう道具だったのか、何の役に立っていたのか、と。武器からは戦争を、装飾品からは商売を推測する。こうしてあらゆる種類の苦境や可能性を見てとるのである。
> 　古い時代の思想に関して、なぜそうしないのだ?[1](「道具に問いかけることと思想に問いかけること」)

人は遺物を発掘しては、これは何に使ったのだろう、当時はどのように暮らしていたのだろうか、と想像するが、では、なぜ古い時代の思想についてそうしないのだろうか？　というブレヒトの問いは、中国の古い戦乱の時代の思想を、ナチス・ドイツの侵略戦争下にあったドイツおよびヨーロッパで「掘り起こして」、活用することを問うている。

ドイツにファシズムが台頭してきた一九三〇年代にブレヒトが注目したのは、中国の思想家墨子ばかりではない。老子、孔子、孟子、荘子、そして詩人の杜甫、李白に至るまでブレヒトは主に英訳で読んだ。ブレヒト自身、英訳された漢詩からドイツ語訳を試みている例もある。孔子が初めて異郷へ旅立った時三五歳、孟子が漂浪し始めたのが四〇歳、墨子は四〇歳になる前にすでに各国を放浪していたことをブレヒトは知る。老子は老いさらばえて牛に乗って漂泊の旅に出た。このように、国家哲学と道徳の教えを説くために戦乱の各国を遍歴した中国の諸賢の言葉は、三五歳にしてファシズムのドイツを去らざるをえなかったブレヒトの注意を引いた。

ブレヒトはこの先人たちの言行録、『論語』『墨子』『老子』『荘子』等の「子曰く」の形式を、『転換の書　メ・ティ』や『コイナー氏の話』等で活用した。しかし、『転換の書　メ・ティ』は『墨子』の単なる形式の模倣書ではなく、思想的に中国の先人とファシズム時代のブレヒトの考えを戦わせて出来た、新しい教え「転換の書」である。『転換の書　メ・ティ』というタイトルをブレヒトは付けているが、ここでは、彼の蔵書であったアルフレート・フォルケの訳書で、Mê Ti の表記が使用されているのに習っている。

「古い時代の思想」とは、「マルクス主義はもう古い」という人々の主張にたいして「古い時代の思想を「掘り起こして」検討する意味がある、という主張である。『メ・ティ』のなかに次のような対話がある。ここでマルクスには「カー・メイ」、レーニンには「ミー・エン・レー」という仮名が与えられている。[2]

　メ・ティに向かってある弟子が言った。「先生の教えは新しいことではありません。カー・メイもミ・エン・レーも同じことを教えました。彼らのほかにも無数のひとがそう教えています」。

　そこでメ・ティはこう答えた。「わたしがそれを教えるのは、それが古いからであって、つまり忘れられてしまって、過去の時代にだけ当てはまるとみなされているかも知れないからです。それを全く新しいこととみなす、実に多くの人がいるのではないでしょうか？」（「古くて新しいこと」）[3]

「古い思想」の中には、マルクス主義、及びヘーゲルの弁証法も含まれていた。一九三〇年代において、もう今さら新しいことでないと多くの人びとが考えていたマルクス・レーニン主義の教えを「なぜ今？」という弟子に対して、メ・ティはこの思想の再検討には意味があり、新しいこととして見直すことを主張した。

ブレヒトはファシズムとの闘いの中から、抑圧されている個人はどのように生きるのか、社会主義国はファシズムとどのように戦うか、どのような国を建設するか、について検討を加える。彼の批判の眼にはドイツのインテリ層のありようも逃れることはできない。

ブレヒトは、「なぜナチスはドイツ国民の支持を得たか？」という問いを抱えていた。この問いは第二次世界大戦中、および戦後の多くの人々の問いでもあった。

亡命中の一九四三年にブレヒトは、「もうひとつのドイツ」という論文を書いている。この中で彼は「戦争は国民の利益に合致していた」と述べ、ナチスを支持した各人（個人）の思考・行動をこそ問題にしなければならないと断言している。ブレヒトにとって、第三帝国と戦った社会主義国の検討と共に、ドイツ国民の行動についての検討こそが問題となった。従って、そのころ書かれた彼の作品では、個人が戦乱のなかでどのように生きるのかがテーマとされている。

その戦中・戦後のドイツ、ヨーロッパの未来に向けてのブレヒトの発言の集約が『転換の書メ・ティ』である。

ここで筆者は、ブレヒトが『墨子』をどのように読んだかを資料的にみるとともに、未完の言行録である『転換の書　メ・ティ』を読んで、ブレヒトのとった反戦の言葉と行動を考察し、あわせて、戦いの絶えない現在の世界情勢における個人の身の処し方について、ブレヒトからの提案を導きだしてみたいと考えるものである。

はしがき　注

1　Bertolt Brecht: Buch der Wendungen.
In: Bertolt Brecht: Große kommentierte Berliner und Frankfurter Ausgabe.（以下 GK と略称）

Suhrkamp Verlag. 1988-1998　第一八巻九四頁（以下 Band 18. S.94 と記す）。

2　一九三四年頃ブレヒトは『メ・ティ』で用いる人名、地名の対照表を作成している。本書に出てくる中国風の偽名で登場する人名・地名の主なものは以下の通りである。

カー・メー＝カール・マルクス
エー・フ、フ・イェン＝フリートリヒ・エンゲルス
ヒュ・イェー先生＝G・W・F・ヘーゲル
ミ・エン・レー＝レーニン
ニー・エン、ニー・エン・レー＝スターリン
ト・ツェ＝トロツキー
コー＝カール・コルシュ
フ・イェー、ヒ・イェー＝アドルフ・ヒトラー
キン・イェー＝ベルトルト・ブレヒト
ライ・トゥ＝ルート・ベルラウ
ガー＝ドイツ

ズー＝ソヴィエト連邦

ヒーマ＝ソイマル共和国

3 Bertolt Brecht: GK. Band 18. S.96

目次

第一章　ドイツ国民はなぜファシズムを許したのか？

ブレヒトばかりでなく、第二次世界大戦中に反ファシズムの考えを持った多くの人びとは戦中戦後、「ドイツ国民はなぜファシズムに組したのか？」と問い続けた。

同じことを日本国民にも問いたい。日本国民はなぜ軍部を支持して戦争を行ったか？　戦後国民のなかには、アジア・太平洋戦争では日本国民は軍部に騙されて戦争に組した、と言う人びともあったが、その考えは正しいだろうか？　日本ではこの問題は論じられないままうやむやになっていると思われる。

この問題を考える例として、ナチス政権下のドイツ国民がいかなる形で戦争の時期を送ったか？　国民はどのように生きたのか？　を、ブレヒトの視点から見てみよう。

イギリスの歴史家ロバート・ジェラテリーは著書『ヒトラーを支持したドイツ国民』[1]においい

て、戦前・戦中のドイツ国民がヒトラーに「強制」されたことと、国民がヒトラーに「同意」したことを分析し、戦争は国民の同意のもとに遂行されたと結論した。

国民の同意がなかったら、第三帝国は成立しなかったであろう、国民の単なる暴力支配は不可能であった、とジェラトリーは述べている。つまり、世論を味方につけているのだから、ナチスは政権の基礎固めのために国民にたいして全面的テロを行使する必要はまったくなかった、多くのドイツ人がナチに追従したが、彼らは魂のないロボットだったからではない、彼らはヒトラーがもたらす利益と新独裁体制の「肯定的」側面について、自分たち自身が納得したからだった、とジェラトリーは指摘している。

多くの知識人、文化人、反ファシストと同様、ナチスから逃れて亡命せざるを得なかった劇作家ブレヒトも同じ問いを提起している。

一 「もうひとつのドイツ」

ブレヒトはアメリカ亡命中の一九四三年に書いた「もうひとつのドイツ」（The Other Germany）という論文で[2]、なぜドイツ人の圧倒的多数がヒトラーの侵略戦争を許したのかを問題としながら、次のように書いている。

ドイツ国民が戦争に耐えなければならなかったのは、戦争を特に必要とする体制に耐えていたからである。ドイツ国民がその政府の恐ろしい侵略戦争の遂行を許している、として不平を言うことは、実は、ドイツ国民が社会革命を行わない、として、不平を言うことにあたる。いったい、誰の利害のために戦争は行われているのか[3]。

ブレヒトはここで一握りのユンカーと工業資本の戦争利益を暴露した後で、それ以外の圧倒的多数のドイツ国民の態度について次のように分析している。

ところで、ドイツ国民の九九パーセントにあたる残りの人々はどうなのだろうか。彼らは戦争を必要とするのか。善意ある人々がもし確信を持って、これにノーと答えるとしたら、あまりにも軽率である。それは慰めになる答えではあっても、正しい答えではない。真実はこうだ。彼らがその下で生活している体制を捨て去ることもできず、またそのつもりもないかぎり、彼らは戦争を必要とするのだ。[4]

資本主義体制のなかで生活し、それを変えようとしないで、だた資本主義がもたらした戦争にたいしてだけ「自分は関係ない」というのは矛盾している、とブレヒトは述べ、さらに続けて、

> 体制が戦争を選ばざるをえなかったのは、全国民が戦争を必要としたからである。**しかし、その国民はこの体制のもとでのみ、戦争を必要としたのであり、それゆえ別の生き方を探さざるをえないのである**（原著イタリック）。……それは社会革命への道である。[5]

と断言している。

この文章はアメリカの雑誌に掲載してもらおうと人を介して掲載先を探していたが、ついに発表の機会がなかった。ドイツ語のオリジナルはまだ見つからず、英文のみが残っており、本稿がテキストとする『ベルトルト・ブレヒト全集。大注釈付きベルリン、フランクフルト版』全三〇巻（一九九五年刊）には英文からの翻訳が載せられている。

この小論の最後に、ドイツの敗北を予想して占領軍の諸国に対して、「国民全体を暴力的に教育しようという考えは馬鹿げている」と述べた後で、「この戦争が終わるとき、ドイツ国民が血なまぐさい敗北、爆撃、困窮から、またドイツ内外の指導者たちの蛮行から学ばなかったことは、歴史の教科書からも決して学べないだろう。」と述べた後で、「諸国民はただ自分自身を教育できるだけである。そして諸国民は頭でなく両手で国民の主権を握ったとき、かれらはその主権を確立できる」と結んでいる。

「もうひとつのドイツ」とは、戦争の前夜から初めにかけて、ナチスのドイツに抵抗して戦っているドイツ人集団にたいして付けられた名前である。この集団は弾圧され消えてしまった。

二　『転換の書　メ・ティ』

なぜドイツ国民はナチスを支持したか、という問いは『転換の書　メ・ティ』と呼ばれる未完の小論集に持ち込まれた主要な問題であった。

『転換の書　メ・ティ』はブレヒトによって一九三〇年代中ごろから一九五五年にわたって書かれた。古代中国の思想家墨子の言行録『墨子』を真似て書かれ、第二次世界大戦中の架空の思想家の墨子に擬せられた「メ・ティ」の言葉と行動が述べられている。「メ・ティ」という呼び方は、ブレヒトが座右の書としたアルフレート・フォルケのドイツ語訳『墨翟　メー・ティ』の表記にしたがって「メ・ティ」と表記している。

『転換の書　メ・ティ』はブレヒトの生前には発表されていないが、発表予定の原稿はひとまとめにされていた。その他多数の原稿やメモが順番不明のまま遺された。本稿がテキストとする「大注釈つきブレヒト全集」全三〇巻では、ほぼ全部読むことができる。日本語訳も『転換の書　メ・ティ』のタイトルで石黒、内藤の翻訳が発刊されている。

残された原稿に「メ・ティ―転換の書（Mê Ti. Buch der Wendungen）」というメモが残されている。「転換の書」がブレヒトの望んだタイトルと思われるが、この作品が墨子の言行録『墨子』（Mo Di）の形式にならっていることから、音を似せた『メ・ティ』をこの著書ではタイトルとして用いることにする。

『メ・ティ』のなかに次のような記述がある。「矛盾に満ちた統一の成立について」と題する文で、

> なぜゲル（ドイツ）の国民がフ・イー（ヒトラー）の戦争に協力するか、多くのひとが理解していなかった。メ・ティはそれをこう説明した――**大秩序**が簡単に導入できると信じるものは少数であった。その秩序が導入されていたら、生活は楽になっていただろう。国民はそのことを知っていたか、あるいは予感していた。そこで支配層は、フ・イーに国民を抑圧させることにした。[6]（太字はテキストではイタリック）

ここで、「大秩序」とは、搾取も抑圧も必要としないとされた、当時の社会主義ソ連のような国家体制のことであった。続けてメ・ティは言う。

> しかし、もっと激しく国民を抑圧するか、それとも他の諸国民を搾取するために戦争をすべきかの決断に迫られたとき、支配層は戦争を始めることに決めた。
> こうして、搾取も抑圧も必要にしない**大秩序**の導入という第三の可能性が断ち切られる

ようにと、国民の抑圧はたしかに強化されたが、搾取はそれ以上は特に強化されず、国家は、**大無秩序**が必然的にたどり着く戦争の道に踏み出していった。ある程度の期間、国民は戦争準備にはしる企業のなかで、また大量殺戮の機構での戦争行為というかたちで、生きる術であった労働をおこなったのである。[6]

ここで「大秩序」とは反ファシズム、社会主義の政権であり、第三帝国政権はそれを導入しないで、搾取をある程度以上に強化せず、国民を酷くは抑圧しないで、国民の同意を得る形で侵略戦争に踏み切った、と述べられている。そしてブレヒトは、しばらくの間国民は、生活の糧を稼ぐ手段として、ナチス政権の戦争経済の中で生きていたことを指摘している。つまり、国民の経済生活はナチスの戦争経済の基盤の上に立っていたということである。

さらにブレヒトはイギリスとフランスが一九四〇年にダンケルクで敗北したときのことを例にとって、国民が軍隊を助けたことを述べ、同じような状況でドイツ国民とナチス政権との間に一体感が生じたことをメ・ティに語らせている。一九四一年六月に書かれた『メ・ティ』には、国民が政府と一体であった例として、次のようなことが書かれている。

エン・ユング（イギリス）の無能で強盗的な政権が、十分な装備もなしに軍隊を海の向こうに派遣して敗北を喫した時、沿岸の住民たちは小舟を漕いで接岸し、激しい砲撃に曝されながら、彼らの息子や父親を連れ戻した。そのことによって、国民と政権の結びつきは密接になった。―フー・イー（ヒトラー）が彼の軍隊をウス国（ソ連）に、ウスの冷酷な冬に備える暖かい装備もなしに派遣して、兵士たちに羊毛の衣料を送るように国民に請わねばならなかったとき、国民は羊毛の衣料を送り、そのことによってしばらくの間国民は政権の犯罪的な無分別を忘れていた。国民と政権の結びつきはこの不幸のなかでむしろ密接になった。[7]（「戦争における国民と政権」）

ドイツ国民はこのようにしてヒトラーの侵略戦争に加担していった、とブレヒトは指摘する。

三　戦乱の時代の個人の生き方

ドイツが起こした戦争の時代、圧倒的な暴力の時代に、それでは個人はどう生きれば生き延びることができるか。この問題は一九三〇年代に『メ・ティ』をはじめ、ブレヒトの文学作品で独特の形式で展開され検討されている。『メ・ティ』は数年先行する一連の「教育劇」と内容をパラレルにもっており、それを散文で表現したと考えられる。

個人の解体、集団への解消というテーマについていえば、『男は男だ』（一九二六）まで溯らなければならないだろう。

確かにそのテーマは「教育劇」の基本的なテーマであったが、一九五六年にブレヒトは『処置』（一九三〇）のなかでは自己放棄という問題を「弁証法的思考」の題材として提起したものであると述べており、それに従って考えれば、教育劇は自己放棄による集団への解消を検討した作品群と言えよう。

教育劇のなかでブレヒトが実験しているのは、個人が全体の利益（科学の進歩とか社会主義革命とか）のために、自分を自発的に犠牲にすることの是非である。ブレヒトはその状況を極端な形に突き詰めて見せる。そしてここで強調されるのは、個人が捨象されることによって全体は強くなるということであり、換言すれば、個人の捨象による集団化は、生き延びるためのやむをえない一過程であるということになる。このことを考えよ、というのがブレヒトの問いである。

『転換の書　メ・ティ』は墨翟に擬せられた「メ・ティ」と呼ばれる思想家とその周辺の人々の言行録である。「子曰く」の形ではじまる中国古典の『墨子』の形が真似られている。ブレヒト自身この作品を「ふるまいの教え」とか「態度学」とか呼んでいるが、それは『墨子』のドイツ語訳者アルフレート・フォルケが翻訳本に付けたサブタイトル「社会倫理家メ・ティ」という呼称とも関係があろう。

『メ・ティ』は全体的に見て社会倫理的教えを体系的に述べているのではない。古代中国の思想家の行動と言葉が書かれた本という体裁である。したがって、全体的にまとまりある話が出来上がっているわけではない。このなかでは、メ・ティと弟子、友人との対話、議論、メ・ティのモノローグが展開されている。

全体的に一つのテーマのもとに展開されているのでなく、個々の話はつながりがゆるいか、むしろつながりはほとんどなく、ただ師メティの視点でだけまとまっている。このように全体的主張のまとまりある論理性を欠く点において、『メ・ティ』はそれまでの一連の教育劇とは異なっている。

『転換の書　メ・ティ』はナチズムの侵略戦争開始の時期に書き始められ、ブレヒトのヨーロッパ亡命を経て、亡命の地アメリカから追われるように帰国した時期にも書きつがれている。かつてブレヒトは「都市市民の読本」で「足跡を消せ」と歌ったように、生き延びるためには己の主張を旗幟鮮明にするのを避ける形式を用いたともいえる。『メ・ティ』は議論の書であり、ひとまとめに論じることはできない。

四　ブレヒトの反ファシズムの作品

ブレヒトの反ファシズムの作品は、ブレヒトの亡命開始（一九三三年）からのアメリカ合衆国に到着（一九四一年）の八年間に書かれた。それ以前の教育劇と呼ばれる一連の作品も含めて、以下の作品においてブレヒトは反ファシズムの姿勢で問題を提起している。

『男は男だ』（演劇）（一九二六）
『はいと言う人』『いいえと言う人』（一九三〇）
『メ・ティ』に着手（一九三〇年頃から執筆。未完）

『コイナー氏の話』（一九三〇年ころから発表）
『トゥイ小説』（一九三四年頃に着手）　未完
『第三帝国の恐怖と貧困』（演劇）（一九三五―三八年）
『肝っ玉おっ母とその子供たち』（演劇）（一九三九）
『亡命者の対話』（一九四〇年着手）
『セチュアンの善人』（演劇）（一九四〇）
『プンティラ旦那と下僕のマッテイ』（演劇）（一九四〇）
『抑えれば止まるアルトゥロ・ウィの興隆』（一九四一）
『ガリレイの生涯』（演劇）改作（一九四五）
『トゥランドット又は三百代言の学者会議』（演劇）（一九五三）

しかしこれらの作品は、作者ブレヒトの主張という点では、全体的統一性を持っていない。これらは考察であり、提言である。この時期は彼独特の答えのない演劇、つまり現代社会の矛盾への厳しい指摘で終わっていて、矛盾の解答は観衆が考えるよう仕向けられている。

ナチス支配下のドイツ国民たちの厳しい状況をリアルに描き出しているのは『第三帝国の恐

怖と貧困』である。この作品を見てみよう。

『第三帝国の恐怖と貧困』

一九三五年にブレヒトが制作した『第三帝国の恐怖と貧困』は二四景からなるオムニバス形式の演劇であるが、そこには、第三帝国のもとでの国民の恐怖が描かれている。隣近所家庭を含めて個人のあらゆる身辺が相互監視、スパイ、密告の恐怖の世界になっていることの記録である。ブレヒトはこれらを目撃者の証言や新聞記事をもとにして作成し、各シーンの日付と場所を情景の冒頭に書いている。

第二場の「裏切り」というタイトルのシーンではまず次のように語られる。

あそこへ来たのは裏切り者だ。
隣の男をこっそり売った連中だ。
みながそれに感づいていることは彼らだって知っている。
おそらく街はそれを忘れまい。彼らは眠れない――

一九三三年、ブレスラウ。小市民の住宅。妻と夫が戸の傍らに立って、耳を傾けている。二人ともひどく青ざめている。

妻　もう下まで行ったようだね。

夫　いや、まだだ。

妻　手すりをめちゃめちゃにしてしまったじゃないの。家から引き出されたとき、あの人はもう気を失っていたわ。

夫　俺はただ、外国放送を聞いていたのは、うちじゃないって、言っただけだ。

妻　それだけではないわ、あなたのおっしゃったのは。

夫　ほかになんにも言うもんか。

妻　よしてよ、そんな顔してにらむのは。ほかになんにもおっしゃらなかったのなら、きっとほかになんにもおっしゃらなかったんでしょ。

夫　お説のとおりさ。

妻　なぜ警察へ行って、土曜日には誰もあの人んとこへは来なかったって、証言しておあげにならないの。

間

夫　俺は行かんよ、警察なんて、全く獣だよ、あんな乱暴を働くなんて。
妻　当然のむくいよ。政治なんかに首を突っ込むからよ。
夫　それにしたって、あんなに上着を引き裂く必要はないよ。俺たちは、着物があり余ってるわけじゃないからなあ。
妻　上着なんかの問題じゃないわよ。
夫　しかしともかく、あんなに上着を引き裂く必要はないよ。（千田是也訳）

第二場の後に次のような「声」が入ることになっている。

こうして隣人が隣人を裏切る。
こうして庶民がたがいの肉を裂きあうのだ。
そして、家々に町々に争いがひろがる。
おかげでおれたちは安全にそこへ乗り込み
殺されずに残った連中を

残らず俺たちの車に積み込んだ。
この裏切り裏切られた人民を
残らず俺たちの軍用車に積み込んだ。

これは第四場の後に聞こえる声と一致している。

人民たちの反目が俺たちを大きくした
捕虜たちは強制収容所の中でもなぐりあい
それから俺たちの車にやってきた。
いじめた奴もいじめられた奴も
みんな俺たちの軍用車にやって来た。[8]（千田是也訳）

「俺たちの軍用車」とはナチ軍隊の装甲車である。その中へ密告されたものが積み込まれる。しかし密告した者たちも、互いに疑心暗鬼になり反目しあい、一致してナチスに対抗するのでなく互いに孤立し、力を失って、ナチスの餌食になったことを表している。

隣人が密告しあい、夫婦が疑いあい、親が子に密告されるのではないかと戦々恐々としている第三帝国下の国民のありさまを、この『第三帝国の恐怖と貧困』は凄まじいまでに描き出している。

五　ブレヒト『墨子』を発見する

ブレヒトはここで戦乱の時代の個人の態度に目をつけた。個人は迫りくるナチスの戦争のなかでいかに身を処すべきかを問い糺した。

彼は新しい形式として、思想家たちの言行録に着目した。ヒントになったのが古代中国の思想家たちの言葉である。彼は孔子、老子、荘子、墨子などの「子曰く」に始まる言葉と行動の記録に注目した。ヨーロッパにも聖書をはじめとして聖人たちの言行録は存在する。ニーチェの『ツァラツストラかく語りき』もある。それなのに、東洋の思想に突破口を見出そうとしたのはなぜか?

聖書の教えにたいしてはブレヒトは批判的で、このことは蔵書のアルフレート・フォルケの『墨子』翻訳本への書き込みや『メ・ティ』の記述にも散見される。特にキリスト教の「隣人愛」、孔子の「仁愛」と墨子の説く「兼愛」が『メ・ティ』の中で議論されている。

行き詰まったヨーロッパ思想からぬけだして、東方の知恵を借りようとしたのは、古くはゲーテである。彼は『西東詩集』でアジアの賢者ハーフィスへの逃亡を企てた。「西は塞がった――」とゲーテは歌った。ニーチェのツァラツストラも東方の思想家ゾロアスターに似た反キリスト教の聖人である。そしてヘッセのインド思想への傾倒も見られる。

行き詰って東洋の知恵を借りようと東へ逃げたもののうちにブレヒトもいた。しかしブレヒトは単に「子曰く」の形式だけを取り入れたのではない。

ブレヒトは中国古代の思想家から何をつかみ取ったのだろうか？　中国の古典は時の支配者をはじめとする個人にたいする教えから成り立っている。ブレヒトは支配者のためでなく、支配的な状況を分析しながら、ドイツ国民がこの戦乱の時代にどのような態度をとるべきか、いかにファシズムを逃れて生き延びるか、いかにファシズムと戦うかを、新しい形式を用いて書こうとした。

彼はファシズムと、新しい可能性と考えられていた社会主義国ソ連を見据えながら、各個人がこの時代にどう生きるか、ということを問題とした。『メ・ティ』を書く動機の一つとなると思われる発言がある。マルクス主義の先駆者たちは、個人の「ふるまい」の本を書いていないと『メ・ティ』の中でブレヒトは指摘している。ファシズムの時代を考察するにあたってブレヒトは集団からの目線でばかりでなく、個人を出発点としたファシズムの時代の「個人の取るべき態度学」を書こうとした。それが『転換の書　メ・ティ』の出発点である。

同時期に寓話の形式をとった『コイナー氏の話』が書かれている。

六　寓話集『コイナー氏の話』と『メ・ティ』

この二つの作品は書かれていた時期も扱った内容も共通性を持っている。

『コイナー氏の話』はコイナー氏を中心とした「考える人」の寓話（たとえ話）集である。この「コイナー」という名前の由来は、ドイツ語の「カイナー（keiner）」、英語で言うとno oneすなわち「誰でもない人」のもじりである。コイナー氏はあちこちで暗黒の時代に地下活動をしているインテリとして登場する。

コイナー氏の言動は寓話として語られるが、一種の批判的な比喩である。例えば「寄る辺なき少年」と題する小噺では、冒頭にコイナー氏の教訓が書かれている。

自分の受けた不当な行為を、黙ってかみころしているのは、よくない習性であるとコイナー氏は言い、次のような話をした。

――すすり泣いている少年に、通りすがりの男が、なぜ悲しむのか、と聞いた。「ぼくは映画を見に行こうとして二グロシェン（グロッシェンは貨幣単位）持っていた」と男の子は言った。「するとひとりの少年が来て僕の手から一グロシェンを取ってしまった」と言って男の子は遠くに見える少年を指さした。「助けを呼んで叫べなかったのかね？」と男は尋ねた。「叫んだよ」と言って男の子はやや強くすすり泣いた。「誰にも聞こえなかったのか」とその男は優しく子供の髪をなでながらさらに尋ねた。「ええ」と男の子はすすり泣いた。「一体もっと大声で叫べなかったの？」と男は尋ねた。「それならそれをよこせ」と言って、男は残りの一グロシェンを男の子から奪ってさっさと行ってしまった。[9]（「感情の役目」）

襲われたとき声をあげて助けを呼ぶのは当然だが、人に聞こえるように叫ばなければ助けてもらえない、というこの寓話は、『メ・ティ』の冒頭に書かれている次の話と同じ意味を担っている。

男の子が人から離れて庭の茂みにの陰で泣いていたのを見て、メ・ティはそっけなく言った。「誰にも聞こえないぞ、風が強すぎるから」。メ・ティが戻ってきたとき男の子は泣き止んでいた。その子は自分の泣く理由――メ・ティはその理由を指摘したのだが――が人に聞かれるということ、それが肝心なことと認識したのである。[10]（「主要な点を指摘する」）

人知れず泣いているだけでは誰にも分らない。泣く以上他の人たちにアピールするように多くの人に聞こえるように泣くがよい、という教訓である。

不正なことに遭遇したら泣き叫んで抗議しなければ人々に伝わらない。黙って不正を我慢して押し殺していては何にもならない、ということはナチス支配の時代の人々への教えであったろう。ナチスの不当な行為をブレヒトは『第三帝国の恐怖と貧困』で直接的に表現して人々に訴えた。しかし舞台での上演が難しくなってきたら、演劇の形式での呼びかけは可能性が少なくなる。さらに、戦乱の時代には、小説や演劇で、まとまりある世界観を表現しようとすると

「嘘」になるとブレヒトは考えた。
　そこでブレヒトは中国の思想家、老子、荘子、墨子の言行録というそれぞれ独立した「小さな話」の形式を採用した。「引用可能な」小噺でしか問題提起はできないということに気づいた。したがって、『コイナー氏の話』も『メ・ティ』もまた同時期に書かれた『亡命者の対話』も戦争の時代の有効な形式となった。

第一章　注

1　Robert Gallately: Backing Hitler. Consent and Coercion in Nazi Germany. Oxford Uni.Press . 2001.
日本語訳　ロバート・ジェラテリー『ヒトラーを支持したドイツ国民』根岸隆夫訳。みすず書房。二〇〇八年
2　Bertolt Brecht: Das andere Deutschland.（1943）In: GK.Band.23. S.432-439
3　ebd: Band 23. S.26
4　ebd: Band 23. S.27, S.435-436
5　ebd: Band 23. S.28, S.437

6 ebd: GK.Band.18. S.190. 太字は筆者。テキストではイタリック。「矛盾にみちた統一の成立」

7 ebd: GK. Band 18. S.190.「戦争における国民と政権」

8 千田是也訳『第三帝国の恐怖と貧困（二四景）』『ブレヒト戯曲選集』第二巻。白水社。一九七九年

9 Bertolt Brecht: GK.Band 18. S.37

10 ebd: Band 18. S.47

第二章　個人と暴力をテーマとしたブレヒトの文学的展開

圧倒的な暴力に遭遇したとき、個人はどのような身の処し方をするか、について、ブレヒトはさまざまな例を挙げているが、ある一定の教訓を教示しているわけではない。彼はただ、人々に「考える」ための材料を提供したのである。

『墨子』の形式を真似て書かれた『メ・ティ』では、それゆえ、それぞれの話の主張を読者自身が判断する余地が残されている。この点では教育劇と基本的に同じであるが、全体としてまとまった結論にたどり着くことはできない。個々の小さな部分が独立に存在し、話相互のつながりは緩い。すると書かれたものは作者の独り言のように聞こえるが、しかし全体の流れとしては、戦時下に人はいかに生きるか？　という問題が据えられている。

『メ・ティ』では、ある部分と別の部分がそれぞれのエピソードを用いておなじことを主張していたり、意見の異なる者同士の意見が同じ話の中で対立的に展開され、解決される保証のないまま、メ・ティの批判が述べられて終わったりする。部分の相互連関はなく、個々の話はすべてメ・ティに収斂している。メ・ティ自身は各人に対してあり、彼の主張は各人への批判として述べられるだけで、メ・ティ自身の見解を十分にまとまりあるものとして展開することはない。その意味では『メ・ティ』はかつてブレヒトが友人の哲学者コルシュに言ったように、「論証など免責された、無責任な形式」をとっている。このように、全体の主張の一貫性を欠く点において、『メ・ティ』は「教育劇」とは異なっている。

それは『メ・ティ』の執筆がナチズムの圧倒的な侵略戦争の真っただ中の時期になされたことと無関係ではないだろう。彼自身亡命先として社会主義国ソ連を頼る可能性も捨てきることができなかった状況にあって、生き延びるためには、自分の態度を鮮明にするのを避ける形式を用いたと考えられる。

しかしブレヒトの文学活動の目的は、作品をとおして議論を惹き起こすことにより、人びとに「考える」ことを教えることであった。

圧倒的な暴力に襲われたとき、人はどうしたかを、ブレヒトの作品から読み取ってみよう。

ブレヒトがファシズム下のドイツから逃れて最終的にアメリカに亡命し、帰国するまで（一九三三年－一九五五年）を観てみることにする。

一　『はい、と言う人』

ブレヒトが一連の「教育劇」で提出した問題のうちで、全体が危機に陥ったとき、構成員の一人が全体の利益のために自己を犠牲にする（死ぬ）ことを「了解する」という一連のテーマがある。

『了解についてのバーデン教育劇』（一九二九）、『はいと言う人』（一九二九）『処置』（一九三〇）など劇作品では、全体が困難な状況に陥ったとき、その原因を作り出した人が全体のために死に、その犠牲によって他の全員が生き延びて、本来の目的である科学技術の進歩や社会革命に尽くすことが示される。一人が死ぬことによって全体が生き延び、個人は死ぬことによって全体の中で生き続ける、という話である。

個人が自己を犠牲にせざるを得ない状況に追い込まれる前の段階では、個人と全体の利益は鋭く対立しているが、この対立は個人が了解したうえでの「自己犠牲」によって止揚され解消される。

『了解についてのバーデン教育劇』『処置』『はいという人』では、使命を背負った集団が生き延びるところに重点が置かれている。一組織の構成員である個人が全体の重大な利益を侵害し妨害した時には、その個人の犠牲は全体が生き延びるための不可欠な行為であるとされ、個人は身を捨てることが生きることにつながることを了解し、「処置」される。このような劇全体の身ぶりはマルクス主義を大変ラジカルに取り入れているように見える。

しかし、一九二九年以降の作品をブレヒトがすべて「試み」としてとらえ、実験的要素を持つ作品を自己編集の『試み（Versuche）』誌に載せていることから推測すると、教育劇は演劇による思考訓練的な要素を多分に持っていたのではないかと思われる。すなわちブレヒトは個人と集団の利益が対立する極端な状況を作り出し、観客に対して問題を提起したのである。

この観点から、ブレヒトの劇作品『はいと言う人、いいえと言う人』に関して、『はいと言う人』から『いいえと言う人』への発展を見てみよう。

『はいと言う人』から『いいえと言う人』への発展

『はいと言う人』はもともと日本の能劇『谷行』がもとになって書かれている。能劇『谷行』は一九二一年にイギリスの東洋学者アーサー・ウェリーが日本の能の脚本を英訳し、『日本の能劇』と題してロンドンで出版したものの一作で、金春禅竹の作品と言われている。ウェリーの翻訳を、ブレヒトの秘書エリザベート・ハウプトマンがドイツ語に翻訳した。この作品に作曲家クルト・ヴァイルが曲を付け、一九三〇年に「学校オペラ」として発表された。

『はいと言う人』(第一稿)の上演を観たベルリン・ノイケルンのカール・マルクス学校の生徒たちは、大人たちに混じって研究のための探検旅行について行った病気の少年が、最後の場面で「大法(掟)」に従って谷底へ投げ捨てられるという結末を「よし」としなかった。この少年は律法に対し「いいえ」というべきであるし、そのような不合理な法をこそ変えるべきである、と作者ブレヒトを批判した。それに対してブレヒトは『いいえと言う人』を書いた。主人公の少年が谷底に投げ捨てられるという律法に対し、少年が「いいえ」と言って拒否し、同行の人たちに自分を助けて山を下りることを頼むという内容に変えた。

しかし、ブレヒトはさらに『はいと言う人』の第二稿を書き、少年が山の向こうに大人たちに混じって出かける理由を、街に疫病が流行り、病気の人たちを救うため薬を手に入れる決死の旅とした。この旅の途中で足手まといになった者は、谷底に投げ捨てられるというきまり(律法)に対して、少年は集団の目的遂行の大切さを「了解」して、自分が捨てられることに「はい」という。

今我々が『はいと言う人、いいえと言う人』という題名で読むのは、この『はいと言う人』第二稿と『いいえと言う人』である。比較文学者ペーター・ソンディは、この三作品の成立史を解明して、『はいと言う人』が『いいえと言う人』よりも後の成立であることを示した。ブレヒトの主張が、集団の利益という必然性があれば、個人の犠牲的な自己放棄は了解されなければならないのではないか、と問うところにあったと理解される。この二つの作品は、したがって対立する二つの解決策を示しているのでなく、異なった状況の下での対処の仕方、その時の態度を示唆しており、何ら教条的に理解されるものではない。『いいえと言う人』では、状況によっては、大法そのものを変えることを教え、『はいと言う人』では、全体の利益が問題となる究極の場合には、個人は了解して犠牲になることも避けられない、としている。

二　決して「いいえ」と言えない人びと

教育劇の試み以前からブレヒトの劇作品は執拗に、個人が圧倒的なファシズム社会の中で、いかに生き延びるかが追求されているのが観察される。その最初の例は『男は男だ』（一九二九）であり、これを出発点として、いわば「生き延びのモチーフ」が、上記の「自己犠牲モチーフ」と並行して続く。ここでブレヒトがマルクス主義学習まで保持していたと思われる「生き延び（Überleben）」のモチーフの変遷を見る必要がある。

『男は男だ』の沖仲仕ゲリー・ゲイの場合

自分の意に反した要求がなされたとき、決して「いいえ」と言えない沖仲仕ゲリー・ゲイは気優しく、争うのを好まず、市民として自律していない。

『男は男だ』の主人公ゲリー・ゲイはインドと思われるある街で沖仲仕をしていた。ある日彼は奥さんに魚を買ってこいと言われて断れずに買い物に出たところで、イギリスのインド駐留軍の機関銃隊員三人に出会った。彼らは四人一組の隊員であるが、パゴダに盗みに入ったとき、仲間の一人が行方不明になってしまった。ところが帰営の時間が迫り、点呼の時、員数が合わなくなるので困っていた。彼らは、決して「いいえ」と言えないゲイを、逃げようのない策略を用いて、自分たちの行方不明の仲間の替え玉に仕立て上げた。

彼らは善良な市民ゲイを四人一組の機関銃隊の一員として、没個性的な「人間戦闘機械」に作り替えた。「いいえ」と言えないゲイは生き延びるために変身する。この場合「変身」とは、頼りない一個人のゲイが、自分の名前をなくし（軍隊の番号で呼ばれ）、死体を見せられて仰天し、それを自分の死体だと信じ込まされて（生きるために信じたふりをして）、自分を殺して生き延びることである。

ゲイは決して「いいえ」と言えない男であるため、追い詰められて軍隊に組み込まれたと考えられるが、同時に、ゲイ自身もそれを「了解」したのである。

ブレヒトは一市民ゲリー・ゲイの解体と組み立てをグロテスクな方法で描き、真に自己愛のない自律していない市民が、圧倒的な暴力の前では避けることなく解体され、変身させられる危険を示している。しかし同時に、考えようによっては、このような形での「生き延び」の方法があることも示している。

ゲリー・ゲイの決して「いいえ」と言えない態度は、『男は男だ』では否定的に描かれているが、寓話集『コイナー氏の話』になると、その肯定的側面が示される。

『コイナー氏の話』での「暴力に対する処置」

コイナー氏は、「考える人」でファシズムの支配する国で非合法活動をして、あちこちを転々として暮らしているインテリである。

一九二〇年に書かれた「暴力に対する処置」では、「いいえ」と言えない状況とその結末を次のように語っている。

　コイナー氏があるときホールで暴力に反対する講演をしていたら、聴衆が一人去り、二人去りして消えていくのに気づいた。振り返ってみたら、彼の背後に「暴力」が立っていた。「暴力」は今何について話していたのかと、コイナー氏に尋ねた。

　コイナー氏は「私は暴力に賛成と言っていたのです」と答えた。

　そのあとで弟子たちがコイナー氏に「先生の背骨は大丈夫ですか」と問うと、コイナー氏は「私の背骨は打ち砕かれるためにあるのではない」と言って次のような話をした。

「いいえ」ということを学んだエッゲさんの家へ、不法な時代のある日、その町を支配している者からの命令書を持って、一人の秘密諜報員がやって来た。その命令書には、その男の足の踏み入れる所はどの部屋もその男のものであり、彼が要求する通りに食事を出し、誰も彼に仕えるべきであると書いてあった。

その男は椅子に座り、食事を要求し、風呂に入り、ベッドにはいった。そして、眠る前に壁の方に顔を向けてエッゲさんに「お前は私に仕えるか？」と尋ねた。

エッゲさんはその男に布団をかけてやり、ハエを追い払って、その男が寝ている間ベッドの傍らで番をしてやった。このようにしてエッゲさんは七年間もその男に仕えたのであった。しかしエッゲさんはこの秘密諜報員の世話をするときはいつも、ただ一言だけは言わないように気をつけた。

さて、その男は飽食と睡眠と命令とによって肥え太って死んだ。エッゲさんは死体を腐った布団にくるみ、家から引きずり出し、ベッドを洗い、壁を塗り替え、深呼吸をして言った、「いいえ」と。[1]

エッゲさんについての話をよく考えてみると、エッゲさんは秘密諜報員に対し、なるほど「いいえ」とは言わなかったが、実際には「はい、あなたに仕えます」と言ったのと同じように仕えた。彼の行動としては「はい」と言って仕え生き延びたことになる。秘密諜報員が死んだあとに「いいえ」と言っても何ら意味はない。

コイナー氏がこの話を引用した理由は、このエッゲさんの話で自分の行動、「自分は暴力に賛成と言っていたのです」と答えた行為を正当化するためである。つまり、今はファシズムに従って生き延びる。そうしてファシズムが自滅するのを待つ、という態度である。

エッゲさんとコイナー氏の違いは、エッゲさんはファシズムのエイジェントに仕えた。コイナー氏は暴力に屈服したふりをして生き延び、反ファシズムの地下活動をしたという点で、行動の内容が異なる。

すると、コイナー氏がエッゲさんの話を例に引いたのは、実質的にファシストに仕えながら、ファシストの死後「いいえ」というのは、最初のエイジェントが言った「私につかえるかね？」という問いへの答えとしては、言葉の文脈上成り立つが、しかし実際にエッゲさんの取った行動は「はい」の行動であった。エッゲさんの行動は「はい」と言って「待つこと」であった。この時点で、コイナー氏はこの態度を肯定した。

圧倒的な暴力の前に立った時、それに向かって「いいえ」と言って潰されるより、その時は服従して（服従したふりをして）、暴力よりも長生きすることを目指す生き方である。

しかしこの態度は、一九三八年制作の演劇『ガリレイの生涯』で検討され、否定されることになる。

三　『ガリレイの生涯』のガリレイの場合

ブレヒト研究者のシューマッヒャーによると、『ガリレイの生涯』は最初は教育劇の一つと考えられていて、『ガリレイの生涯（労働者のための草稿）』という題名で労働者のアマチュア演劇集団のために書かれた。『ガリレイの生涯』はまた『コイナー氏の話』のなかの「暴力に対する処置」と文字通り一致する。この話は他の一〇編の話、『リンドバーグの大洋飛行』『ファッツアー断片』（一九二九）とともに『試み』誌第一巻に載せられた。作曲家ハンス・アイスラーは、「第一稿は『生き延びることの狡猾さ（ずるがしこさ）』であった。素晴らしい表現だ」と伝えている。

ブレヒトは『ガリレイの生涯』の準備中に、ガリレイの一世代前の科学者ジョルダーノ・ブルーノのエピソードを知った。一五四八年生まれのブルーノはキリスト教会と対立して一五七六年以降たえざる漂泊の生涯を送っていたが、ついにヴェニスでとらえられ、ローマに送られ、地動説を主張して自説の撤回を拒否したため、一六〇〇年に火刑に処された。ガリレイの自説撤回を肯定していたブレヒトは、ジョルダーノ・ブルーノの生涯をガリレイの対照的な生き方と考えていた。

ブレヒトが科学者の良心を検討する素材として選んだのはガリレイであった。ブルーノのように燃え盛る薪の山の上で自説を曲げずに処刑された人でなく、自説を撤回し、宗教裁判所の囚人として幽閉されて過ごし、人目を盗んで『新科学対話』を遺したガリレイを取り上げたのであった。

このことからブレヒトの次のような問題提起を知ることができる。すなわち、科学的真理は捻じ曲げられてはならず、だからとて、科学者は自説を主張して火刑に遭ってはならない。科学者は生き延びることによって、さらなる真理探究が続けられなければならない。したがって、この観点からするとガリレイの自説撤回は生き延びて仕事をするための手段と解釈される。真理を担うものは希望をもって生き延びなければならない、とは亡命者の絶対の条件であったろう。

一九三八年に着手された『ガリレイの生涯』の第一稿は新しい科学の時代の到来を啓蒙的な立場で告げ、科学者は戦術としては、科学研究が続行できるように、場合によっては真理を撤回して権力に妥協しなければならないことを示している。

しかし、亡命中のアメリカ合衆国で、俳優チャールズ・ロートンの協力を得て英語上演の計画を練っていたブレヒトは、広島と長崎への原爆投下のニュースを聞いた。このニュースを聞いて、彼は『ガリレイの生涯』に大幅な改定を加え、科学者ガリレイの生涯に現代から振り返って検討するという視点を持たせた。

原爆投下と『ガリレイの生涯』改作

この時の思いをブレヒトは次のように述べている。

私たちの仕事の最中に『原子時代』がヒロシマでデビューした。この日を境に近代物理学の創始者であるガリレイの伝記は異なった読まれ方をするようになった。この大爆弾が引き起こした煉獄さながらの効果によって、ガリレイとその権力者の葛藤は今までになく鮮明な新しい照明をうけることになった。[2]（「新時代の素顔」）

改作の中心的部分は、第一四場の弟子アンドレアとガリレイの会話である。ガリレイの弟子であったアンドレアは新興国オランダへ移る途中、宗教裁判所の囚人となって、娘ヴィルジーニアに見張られているガリレイを訪ねる。アンドレアはガリレイの地動説撤回後の研究者たちの没落を語り、ガリレイの地動説撤回がもたらした悪い結果を述べ、ガリレイにたいして批判的な態度をとった。その時ガリレイは宗教裁判所の眼を盗んで書き溜めた研究が『新科学対話』としてまとめられていることを彼に漏らし、自分の研究成果を国境を超えてオランダへ運ぶよう依頼した。

それを知ったアンドレアは、ガリレイに向かって、あなたはあなただけがお書きになれる科学的著作を書くための時間を獲得なさったのです。あなたが火刑台の炎の栄光に包まれて死なれた場合、果たしてほかのものがこの勝利を得られたかどうか……。[3]（千田是也訳）

と今更のようにガリレイを賛美すると、ガリレイはそっけなく「ほかのものだって書けるさ。一人の人間にしか書けぬとなどという科学的著作はありえない」という。

それではガリレイはなぜ地動説を取り消したのか？

「肉体的苦痛が怖かったから、俺は取り消したのだ」、拷問の機械を見せられた、とガリレイは言う。アンドレアが「それでは、あなたが計画的になさったのではないのですね」と問うと、ガリレイは「そうじゃない」と答えた。

アンドレアは「死を恐れるのは人間的なことです。人間の弱さは科学とは無関係です」と迫るが、ガリレイは毅然と自己批判した。

私は科学者として無二の機会に恵まれていた。私の時代には天文学は地上の民衆にまで達した。こうした特別な状況の下でなら、ある一人の毅然たる態度が大きな感動を呼び起こすこともできたろう。――それなのに私は自分の知識を権力者の手に渡し、彼らが勝手にそれを利用するのを、それを握りつぶすのを、それを悪用するのを許した。私は私の職業を裏切ったのだ。（千田是也訳）

ガリレイのこの自己批判でみると、自説を撤回してさらに科学的研究を続けるという考えと行動は、原爆投下を契機として明確に否定されたのである。

しかし、ブレヒトはガリレイに対する全くの断罪を中心に据えて『ガリレイの生涯』を見るように観客に求めているわけではない。

「私が望んでいることとは、社会が自分の必要とするものをその個々の構成員からどんなふうに搾り取るかを、この作品が示してくれることである[4]」と述べた後で、ブレヒトは、ガリレイのさまざまな快楽追及の本能が、一方では研究欲として自己存在欲を脅かすところまで彼を追い詰め、一方では食欲のような快楽を締め出さざるをえない状況に追いやる矛盾を指摘し、いちがいに賛美することも、断罪することもしえないのではないか、と述べている。この人間本来の欲求である快楽（科学的好奇心も食欲も含めて）は、しかし、生き延びるために社会へ「適応する能力である」とは理解しがたい。むしろせち辛い社会が、ガリレイのような知的・美食的快楽を追求する人間からそれを容赦なく奪っていくところに着眼しなければならない。知的欲求と拷問への恐怖は、同じ感性的な源から出ており、それは生き延びるためというような合目的的な思考を超えている。

ガリレイの、後の世界へのメッセージは

私は、科学の唯一の目的は、この苦しみに満ちた人間の生活を楽にすることだと考える。もし、科学者が、己の利益のみを求める権力者に脅かされて、ただ知識のための知識を積み重ねようとするならば、科学はかたわにされ、君たちの発明する機械は新しい圧制の道具にされてしまうだろう。やがて君たちは、およそ発見できるあらゆるものを発見するだろうが、君たちの進歩は、人類の進歩とは無縁のものになるだろう。そして、ついには、君たちと人類との溝が非常に大きくなり、なにかの新しい成果に対する君たちの喜びの叫

びが、世界中の人間の恐怖の叫びで迎えられるようなことも起こり得よう。（千田是也訳）

これは現代社会への悲しい予言であった。

四　社会への不適応者の生き方

ブレヒトの作品には『バール』（一九一八年）に始まって、社会不適応型の人物が登場する。それは彼の文学活動の出発点が自分の出身階層であるブルジョワへの反逆であったことと関係がある。彼自身社会に適応することを拒否し、「非社会的（asozial）」な自己の分身を形象化した。初期の作品『バール』のサブタイトルには「非社会的」とつけられているが、この時期にはバールのような自然児はその非社会性によってその時代の暴露者となり得るが、結局、本性である非社会性によって身を滅ぼすことを示している。非社会性が消極的意味を持つのは、バールのような破滅型でなくて、何らかの目的で、持続的な自己保存を願う場合である。

社会への非適応性が肯定的な意味を持つのは、ヒトラーのドイツが「公益は私益に優先する」というスローガンで人々を支配し始めたころである。

ここでブレヒトは「公」と「私」を入れ替える。「私益は公益に優先する」と。『メ・ティ』の中では私益と公益が矛盾しない社会が望ましいと語られるが、しかし、私益と矛盾する「公益」の暴力の中では、個人は何としても生き延びなければならない。

ブレヒトは老子・荘子からも、社会への不適応で生き伸びることを学んだ。

老子・荘子の教え

この頃ブレヒトはアーサー・ウェリーの翻訳で『老子』を読んだ。同じころ英訳で『荘子』も読んでいる。『荘子』から学んだことを、彼は寓話劇『ゼツアンの善人』（一九三九）の中で、「木」の比喩を用いて次のように語っている。

スンにいばらの園と呼ばれる広場がある。その広場には、きささげ、糸杉、桑などが生い茂っている。今、周囲五、六寸にもなる木は、犬小屋の檻の格子にしようとする人びとに切り倒され、周囲三、四尺にもなる木は、金持ちたちに切り倒され、その板は棺桶に使われる。七、八尺にもなるものは、別荘の角材にしようとする人びとに切り倒される。かくて、木々は年輪を重ねる由もなく、鋸あるいは斧で、齢を全うしないうちに滅んでしま

う。これは、有用であるがための悩みである。[5]（加藤衛訳）

これは『荘子』の「人間世六」の一節をほぼそっくり引用したものである。ここでは木のメタファを用いて、人びとが何の役にもたたない木と考えていた木が、最終的には大木となって生き残ることが語られている。ブレヒトが引用した前述部分の後に、荘子は役立たずと有用な者との中間をとって生きたいと述べているが、結局彼は役立たずの立場を良しとした。

また、老子曰く、「曲則全（曲がればすなわち全し）」と。これは荘子の言う「役立たず」が結局生き延びることができるという主張と同じことである。このように「無用の用」をブレヒトは荘子と老子から学んでいる。このような処世術は、まさに戦乱の世を生き抜く技術であるとブレヒトは考えた。

ブレヒトの描く「いいえ」と言えない人たちは、有力な体制に「長いものに巻かれろ」の知恵をもって生き延びてきた。この態度は人びとを圧迫する権力を、そのまま受け入れる受動的態度である。

しかし、『肝っ玉おっ母とその子供たち』（一九三九年）を見ると、戦争で稼ぐ酒保商人肝っ玉おっ母は、戦争で儲けようとすればするほど、子供たちを次々と失っていき、ついには我が身一つで戦場をさまようことになる。この作品では、歴史的現実をただ受動的に受け入れ、戦争で金儲けしようとして家族を失い、そこから何も学ばない愚かな態度が描かれている。ここで作者は、小規模経営の商人が、抑圧する者への完全な同化によって御こぼれにあずかって生き延びるのは困難であることを示している。

その過渡的性格を持っているのが、ほぼ同時期に書かれた『ゼツアンの善人』である。ブレヒトは寓話劇『ゼツアンの善人』の中で、限りない博愛主義の女性シェン・テの矛盾を描き、果てしない善意に疑問を投げかけている。つまり、限りなくお人好しの善人である女性シェン・テが、悲惨な自分の境遇の改善をさておいて、不幸な隣人を助けることができるかが問われている。

シェン・テのように善意を持って、群がる貧民（決して自立して働こうとはしない連中）に施しをしているだけでは、状況にただ譲歩するばかりであって、このやり方では善意の人は最終的には自滅してしまい、ゼツアンの町の悲惨な状況を変えることができないことが明らかにされる。耳あたりと口当たりの良い「善意」は、シェン・テの対極的分身であるシュイ・タの利己主義を攻めることはできない。善人シェン・テは最後には自分の半身であるシュイ・タの利己主義の行動力に助けられる。

　これは、墨子の「兼愛」（広い愛）に対するブレヒトの考えを表している。

　同じように、同時代の思想家荘子も墨子を誉めながらも墨子の「兼愛」を批判している。

墨子の「兼愛」についての荘子の批判

　荘子は墨子について次のように述べている。
「墨子汎く（広く）愛し兼ね利して、闘を非とす」（天下篇）
　荘子は、墨子が人びとを広く愛し、平等に利益を分かち合って、戦争に反対した、と高く評価している一方、荘子は言う、「墨子は生きているうちに汎愛により粗末な生活をし、粗末に葬られるのが正しいと主張しているが、こんなことを広めると人を愛することにならない。自分が楽しまず、人々にもそれを教えるのは、人々を嘆き悲しませるだけで、その実行は難しい。このようなことを自分で行うとなると、自分を愛することにはならない。人間の楽しみ、感情の表出を禁ずる墨子の教説は「薄情」であると。
　墨子の兼愛説では、自分も愛される人のうちに入れられる、という主張であったが、荘子は墨子のやり方では駄目である、としている。
ブレヒトは寓話劇『ゼツアンの善人』の中で、限りない博愛主義のシェン・テの矛盾を描き、限りない善意に疑問を投げかけている。

五　自分が自分を救う話

一九二九年にブレヒトは寓話集『コイナー氏の話』で、迫りくる危険の前で、どのようにわが身を救うか？についてひとつの話を書いた。

コイナー氏がある谷に沿って歩いていた時、突然彼は両足が水の中を歩いているのに気がついた。彼のいる谷が本当は入江だったのを知り、満潮が近づいていることを悟った。彼は直ちに立ち止まって、近くに小舟がないか探した。彼が小舟を探している間中、彼は立ち止まっていた。しかしどんな小舟も見えなかったので、彼はこの希望も捨て、水がこれ以上上がってこないよう願った。水が彼のアゴまで上がって来たときはじめて彼はこの期待も捨てて、泳いだ。彼自身が小舟であることを知っていたのである。[6]

身の危険が迫ったとき、それから逃れる手段を人は探す。この場合は、近くにボートはないか？　と探すことである。ボートがないと分かったとき、コイナー氏は何もしないで水がこれ以上満ちてこないことを願った。自分が泳げることに気づくまでずいぶん時間がかかったのは、彼が他者に頼ろうという気持ちを捨てきれなかったからである。

わが身を救うために、いかに救いを求めるか、については、ブレヒトは何度か話題にしている。助けを求めるときは、人に聞こえるように自分で声を上げることだ、という主張は、『メ・ティ』の冒頭の話「要点を指摘する」、および「感情の役割」（『コイナー氏の話』）に書かれている。同じ内容を持つこれらの話を、ブレヒトは息子スティファンの経験をもとに書いた。助けを求めるには、大声で叫ばなければ効果がない、被った不幸を黙って耐え忍んでいるだけではだめだ、ということをブレヒトは、「寄る辺なき少年」（『コイナー氏の話』）で書いている。泥棒に対して他人に聞こえるほどの大声で助けを求めることができない人は、泥棒を黙認して、不正を耐え忍んだことになる、というのである。

最小の大きさで生き延びる

戦乱の時代、個人は最小の大きさになって生き延びたとブレヒトは考えた。ブレヒトの描くメ・ティが生きた時代は、ヒトラーの時代、と同様に戦乱の時代である。この混乱の時代に生き延びるためにはいかなる知恵が必要であったろうか？

ブレヒトは膨大な小説も大きな体系を持つ哲学も書こうとしなかった。彼は知恵ある人コイナー氏の行動に語らせる。タイトルなしの遺稿に次のような話が書かれている。

考える人が嵐に遭ったとき、彼は大きな自動車に乗り、多大な場所を占めていた。彼がまずしたことは、車を降りることであった。次に彼は上着を脱いだ。そして次に彼は地面に伏せた。そのようにして彼は自分の最小の大きさで嵐から生き延びた。[7]

最小の大きさになって襲いかかる危機を乗り切るという、中世の詩人ハルトマン・フォン・アウエの『グレゴーリウス』由来のモティーフは、トーマス・マンの『選ばれた人』やブレヒトの『バーデン教育劇』でも展開されている。最小の大きさで生き延びるという、「考える人」の言行録が『コイナー氏の話』である。話の小ささは説話的言行録という形式にマッチしている。人々が戦乱の世の中で携帯可能な小さな話、必要に応じて引用できる謎めいた言葉が、個人の考えを惹き起こし、個人をを行動へと導く鍵となる。

これらの先行し並行して書かれた作品と比べてみると、『メ・ティ』は、上からの目線で教える行動の指針でなく、個人がどのように行動するかへの刺激を与える書ということができる。しかし、個人の行動の指針としての道徳的教えは、人間が集団化している現代には合わないとブレヒトは考えていた。

六　ブレヒトは「個人」をどう考えたか？

『メ・ティ』はブレヒトの亡命中、一九三〇年代に書きはじめられており、中心になる話題は、激動する時代の人びとの「ふるまい」（Verhalten）の問題である。「ふるまいの教え」はブレヒトによる「倫理学」の言い替えであるが、この教えは古典派のカー・メー（マルクス）たちに習って、個人を対象としたのでなく、集団を対象としている。

この時代ブレヒトは「個人」を「分割不可能なもの（Individuum）」という概念から、「個別の者（Einzelner）」に変えてきているのが認められる。

例えば、『メ・ティ』のなかで言うところの、「態度の教えの本」を書いたキン・イェー（『メ・ティ』内でのブレヒトの呼び名）が、個々人のふるまいにはあまり取り組んでいない理由として、彼が、「我々の時代では個々人は部分に過ぎず、状況はひどく変わりやすい。もはや単純な行動はありえない」と語っているが、ここでは道徳的要請の対象となり得た個性を持った個人ではなく、「個別者」をさすEinzelnerという語が用いられている。そして、個人の全体に占める位置も変わってきたことをの述べている。メ・ティは

現代は生産する集団が正しい形態を得る時代である。個人の課題は集団の中に順応することである。[8]（「国家について」）

と述べ、個人は「後になって再び自立することは必要かもしれない。もちろん、順応が個々人を消してはならないし、自立が集団を破壊してはならない」と言いながらも、現代の状況を次のように捉えている。

個々人はあらゆる側へ狭められており、いたるところで譲歩（abgeben）し、屈服（nachgeben）し、断念（aufgeben）せざるをえない。自由になったのは、今動くことのできる集団である。[8]

このようなことから『メ・ティ』においては、個性を持った個人に対する倫理・道徳が説かれるのではなく、集団の態度が検討されることになる。過去の道徳的遺産である「正義」とか「愛」などという徳目が集団のなかにある個人にたいして、個性を持つ個人にたいするように要求されるのは、有害になるとメ・ティは言う。というのは、過去の美徳は今や固定観念として、現実を覆い隠す役目をするからである。

ブレヒトの言う特定の美徳とは、例えば次のようなことである。

パンとミルクは高く、仕事をしても収入が悪く、仕事がないときさえある。そういう時、貧しい人々は特別の道徳を示して、盗むべきではないとされている。特別の道徳が必要とされるような国は、どんな国でも悪い管理下にある。[9]

また個々人に対して、美徳の要求を固定し続けることは有害であるとして、次のように語っている。

ある不幸な状況下では、ある種の徳性を求める叫びが高まる。もし、これらの徳性が不幸な状況の克服に結合されず、不幸な状況の克服後、あまりに長く残っていると、それらは新しい不幸の源泉になる。そのことを人々は勇敢さ、忍耐、真理愛、犠牲心などで何度も体験してきた。[10]（「倫理学の断罪」）

ブレヒトは『墨子』から単に形式を借りているばかりでなく、墨子の説く「態度の教え」を、個人に対するものでなく、社会的なものと理解して取り入れている。彼はフォルケ訳の『墨子』をたんねんに読んでおり、多数のアンダーラインや書き込みが見られる。

その中に、墨子の言葉として、「人は褒められるために隣人を愛するのではない。類似は旅館[11]」という箇所がある。その傍らに、「旅館は客を愛するゆえに客あしらいがいいのではなく、儲けのためである」とブレヒトは書き込んでいる。これは翻訳者フォルケの隣人愛を述べた注とは全く異なる理解で、「客を歓待すること（Gastlichkeit）」をブレヒトは美徳としてでなく、儲けるための行為としてとらえている。すなわち、良い行いの動機を美徳でなく、営業として考察するところがブレヒトらしいところである。

「兼愛」と「自己愛」

墨子の「兼愛」の教えを、ブレヒトは「自己愛」として利己主義と区別し、共同体の中での個人がとるべき態度としている。墨子は次のように言っている。

人びとに対する愛には自分自身も含まれる。というのは、自分も愛される中にいるからである。そうであるならば愛は自分にも広がる。普通言われる自己愛（Eigenliebe）は人びとに対する愛である[12]

という墨子の言葉にブレヒトは赤鉛筆で傍線を引いている。また彼はそのあとに、「自分自身も寛大さにあずかる」の箇所、「人は人類の幸せを喜ぶことができる」の言葉に赤鉛筆で下線を引いている。

愛される対象に自分も加えられるという点で、墨子の言うことを肯定しており、自分の家族を第一とした孔子と対比的に考えられている。墨子の「非儒篇下」には、儒者に対する種々の批判が書かれている。その最後の方に、孔子の行いを批判する話が書かれている。

あるとき、孔子は困窮して一〇日間もアカザの汁だけしか食していなかった。弟子が豚を煮て差し出すと、どこから肉を手に入れたかを尋ねないで食べた。弟子はまた他人の衣服を奪って酒を買い、孔子に勧めたが孔子はその出所を聞かないで飲んだ。ところが魯の哀公が彼を迎えた時、孔子は、席が正しくないと座らなかったし、肉の切れ目が正しくなければ食わなかった。そこで弟子が、「以前に飢えていた時とはたいへん違っていますね」と言うと、孔子は、「あの時は生きるのがやっとであったが、いまはともかく正しい道を行うのだ」と答えた。飢えて困ったときには、他人の物を奪ってでも身を生かすことをした。腹いっぱいになると、偽った行いをして表面を飾った。これより不潔で虚偽なことがあろうか[13]……

という墨子の主張にブレヒトは傍線を施している。

しかし、墨子の弟子たち（墨家）は兼愛の精神を首尾一貫追求し、最後に行きつくところで滅亡した。

ブレヒトが社会的混乱の時期の思想家として、孔子ではなくて、墨子を取り上げたのは、個人に対する道徳でなく、社会に向かって「兼愛」を説いた墨子の行動を良しとしたからである。

七　時代にかなった存在形態としての「集団」

ここでもう一度、集団が時代にかなった存在形態であるというブレヒトの考えを検討してみたい。

一九三〇年ころ、「個人と大衆」についてのメモでブレヒトは次のように述べている。

我々の大衆概念は個人（Individuum））から理解されている。それゆえ大衆は一つの合成語である。その可分性はもう主たる特徴ではない。大衆は「分割可能なもの（Dividuum）」からますます「分割不可能なもの（Individuum）」になっている。「個別的（einzelner）」という概念は、大衆の分割でなく、分類によって得られる。個別的なもの（einzelner）においては、（いくつかの集団への所属として）まさにその可分性が強調されるべきである。
我々が個人から大衆的なものを探す限り、個人について何を言うことができるだろうか？　我々は一度大衆的なものから個人を探し、それで個人を組み立ててみよう。[14]

ブレヒトは、大衆の分割可能性からでなく、大衆を一つのまとまりとして、分割不可能なものと考えている。まとまりの中に含まれる個別なものは、その中の「分類された存在」と理解される。そして、集団の中に含まれる個々のものが個性をなくせばなくすほど、集団は力を持つと述べている。

ブレヒトの視点は個人を捨象しているように見えるが、しかし、個々人は集団となって生き延びると述べている。彼は「個性の崩壊」について次のように述べている。

成長する集団内部では、個人（Person）の崩壊が起こる。個人は分裂し、呼吸ができない。個人は別のものに変化し、名前を失い、もはや非難も聞こえない。自分の持つ広がりから抜け出て、その最小の大きさの中へ逃げ出す。なくてもよい自分を捨て、無の中へと逃げ出す。――しかし、その最小の大きさの中で、個人は深い息を吐きながら、全体のなかでの新しい、本来の不可欠性を認識するのである。[15]

非常な困難に遭遇したとき、最小の大きさになって生き延びるというモティーフをブレヒトは『コイナー氏の話』などで追求していた。名前をなくし、顔をなくして（すなわち個性をなくして）生きる例は、『バーデン教育劇』や『男は男だ』等でも試みられている。ここでは、個人が個性をなくすことにより、集団の中で新しい不可欠性を得ることが示されている。

このように考えると、「個人」の概念は新しく理解される。「個人」は大衆の中の「個別者」であるが、「個人は大衆に似て、不断に発展する矛盾に満ちた複合体のように見える」とブレヒトは言っている。個人は外に向かっては統一体として現れるかもしれないが、そのために中ではさまざまな傾向があって、その時々の行動は妥協を意味するだけだと述べている。個人は外面的には「統一体」のように見えるが、内面的には、矛盾にみちた、種々の傾向を含んだ「複合体」となる。個人と全体と言うテーマをブレヒトは一九二〇年代、三〇年代に劇作、寓話、小論文等でしきりと論じていいる。

『メ・ティ』を見ると、集団として存在することにより、集団と個人の利益が合致した望ましい状態をブレヒトは願っていると理解される。ヒュー・イェー（ヒトラー）の言う「公益は私益に優先する」というスローガンをひっくり返して、「公益は私益である」と言い、このような状況を実現する組織として、メ・ティは初め社会主義国のズー（ソ連）を支持していた。

第二章　注

1 Bertolt Brecht: GK.Band 18. S.13,「暴力への処置」一九二九年
2 ebd: GK.Band 24. S.241.「新時代の素顔」
3 千田是也訳『ブレヒト戯曲選集3』
4 Bertolt Brecht: G.K. Band 24. S.242
5 『ブレヒト戯曲選集』第三巻
6 Bertolt Brecht: GK. Band 18. S.31
7 ebd: Band 18. S.31
8 ebd: Band 18. S.135f
9 ebd: Band 18. S.55

10 ebd: GK.Band 18. S.153

11 Alfred Forke: 墨翟 . Mê Ti des Sozialethikers und seiner Schüler philosophische Werke. Übersetzt von Alfred Forke. Kommissionsverlag der Vereinigung wissenschaftlicher Verleger. Berlin 1922. S.526

『墨子』大取篇

12 A.Forke: Mê Ti. S.510

13 ebd: S.410「非儒篇下」薮内清訳、四三三頁

14 Bertolt Brecht: GK.Band 21. S.359

15 ebd: GK. Band 21. S.320

第三章　ブレヒトと『墨子』の出会い――『メ・ティ』の成立

　ドイツの劇作家ベルトルト・ブレヒトがナチスの迫害を逃れてデンマークへ亡命し、さらにはモスクワ経由でカリフォルニアに至るまでの漂浪の旅に出た時、彼の荷物には、アルフレート・フォルケ訳の『墨子』（モー・ディ）が、中国の懐疑者の掛け軸、日本の能面と共に入れられていた。

『墨子』（モー・ディ）はウィーン大学教授のアルフレート・フォルケによって、一九二二年にドイツ語に翻訳されている。中国語からドイツ語への初めての完訳と記されてるが、若干省略されている。この翻訳にフォルケは詳細な解説をつけ、さらに章ごとに彼自身のコメントを付けている。

　ブレヒトの友人の音楽家ハンス・アイスラーの記憶によると、ブレヒトは一九三〇年代末にヴィースバーデンの出版社から友人を介してこの六三八頁に及ぶ翻訳を入手した。「それは僕たちにとって大発見でした」とアイスラーは語っている（ブンゲ『ブレヒトについてもっと質問を』）。このことからブレヒトが一九二〇年代終わりころに中国古代思想を知り、思考の契機としていたと考えられる。そして一九三〇年か三一年かにアイスラーに、『墨子』に刺激されて執筆しはじめた『メ・ティ』の原稿を見せている。

ブレヒトがフォルケ訳『墨子』で何を学び、それをどのように活用したかに関しては、すでにソングやタットロウによって、『墨子』と『メ・ティ』の内容的異同の比較がなされている。両書の字面上関係ある個所はこくわずかである。大部分の研究者は『メ・ティ』は中国風に仮装された――つまり、異化された――ものに過ぎないとしている。つまり「子曰く」という形式を取り入れただけの著作だとしている。長谷川四郎は『中国服のブレヒト』として『メ・ティ』と中国とをユニークに論じている。

しかし、内容的に言って『メ・ティ』は中国趣味のエッセーではない。

一九二九年ころから書き始められた原本『メ・ティ』はブレヒトの生前には印刷されなかった。遺稿のうち約四分の一は印刷を予定してまとめられていたが、大部分は決定稿にならぬまま、紙ばさみの中に残された。

『メ・ティ』は道徳的行動の指針を教える本ではなく、しいて言えば「考える」ことを呼び起こす本である。この本は混乱の時代の個人の取るべき「態度」を論じている。「転換の書」というタイトルは「転換期の行動を導く書」を意味すると考えられる。

そして中国の古典『墨子』（モー・ディ）にならった書であることを示すために、『メ・ティ』と墨子のドイツ語読みでタイトルに付け加えている。書き残されたタイトルは『転換の書メ・ティ』である。以下著者はこの作品を『メ・ティ』と略称を用いて記す。

ブレヒトの『メ・ティ』は内容的には歴史的・政治的であるが、形式的には墨子の言行録『墨子』に擬した文学作品である。つまり、「子曰く」の形式がうまく取り入れられた小噺によるアフォリズム（警句）集である。

登場人物に関しては、『メ・ティ』を書き始めたころと思われる一九三四年頃、中国風擬名をあてて人名リストを作っている。

古典的マイスターであるG・W・F・ヘーゲル（ヒ・イェー先生）、カール・マルクス（カー・メー）、フリードリヒ・エンゲルス（エー・フ）、レーニン（ミ・エン・レー）、スターリン

（ニー・エン）、トロツキー（ト・ツィ）、ローザ・ルクセンブルク（ザ）、ヒトラー（ヒ・イェー、フ・イェー）、哲学者カール・コルシュ（コー）、そしてブレヒト（キン、キン・イェー）、その恋人ライ・トゥ（ルート・ベルラウ）。国名では、ドイツ（ガー）、ズー（ソヴィエト連邦）、フランス（イ・イェー）、イングランド（エン・エング）、ロシア（ツェン）、ニー（日本）などである。

『メ・ティ』は一九三〇年代から戦後に至るドイツ、ヨーロッパ諸国の政治的、文化的な問題を抱え込み、この戦乱の時代の個人のふるまいを論じている。しかしブレヒト自ら「態度学」の本と称しているものの、道徳的な教えを垂れようという作品ではない。形式的には『墨子』に倣った「子曰く」で書き出される、「メ・ティ」と呼ばれる思想家の言行録である。

内容的に分類してみると、主たるテーマは

（一）ファシズムとの闘争（第二次世界大戦の前夜から戦後まで）

（二）社会主義国建設をめぐる議論

（三）弁証法の再興（ヘーゲル、墨子に依拠した）

（四）混乱の時代の個人の身の処し方（ブレヒトはこれを「態度学」と呼んでいる）

である。

一方、『墨子』の内容を大別すると

（一）兼愛篇、非攻篇、非命篇を中心とする道徳の教え（「兼愛」「非攻」「非命」など）

（二）論理学はじめ各種の科学（「大取篇」「小取篇」「経説篇」など）

（三）侵略を受けた時の防戦術（「備城門篇」以下）

であり、ブレヒトの『メ・ティ』にないのは戦争術だけである。もっとも戦争術とまではいかないが戦術論に類するものはある。アインシュタインの相対性理論などについての話も『メ・ティ』に登場することを考えると、ブレヒトは全体の体裁として『墨子』を見習ったと思われる。

『墨子』との内容的関連を見るならば、ブレヒトのいう「態度学」との関係を観察しなければならない。『墨子』を翻訳し解釈を加えたウィーン大学教授アルフレート・フォルケは墨子を「社会道徳家」と呼んでいる。これにたいしてブレヒトは、友人の哲学者コルシュへの手紙で『メ・ティ』を「とるべき態度の教訓を描いた小冊子」と称している。したがってブレヒトはファシズムと社会主義建設時代の個人のとるべき行動である「態度学」（Verhaltungslehre）の書を書こうとしたのではないかと推察することができる。

ここで「倫理」とか「道徳」とかいう言葉は、既成の、特にカントの倫理学を想起させ、ブレヒトの否定の対象となった概念であるので「態度学」なるあらたな呼称が不可欠であったと思われる。

一　ブレヒト『墨子』のなかに弁証法を発見する

『転換の書　メ・ティ』（以下『メ・ティ』と略称）の成立に関係したのは、ブレヒト、哲学者のカール・コルシュ[1]、秘書のマルガレーテ・スティフィンで、かかわった時期は一九二〇年代後半から戦後までである。ブレヒトはフォルケ訳の『墨子』（モー・ディ）を携帯してドイツから亡命の途に就いている。

フォルケ訳の『墨子』は亡命先のデンマークのスヴェンボルでブレヒトとコルシュによって入念に読まれている。それはこの書への二人の書き込み、下線、傍線で跡付けることができる。『墨子』に刺激されて誕生した『メ・ティ』の原稿は、助手のスティフィンが目を通して批評を加え、ブレヒトに訂正を求めている箇所が見られる。またブレヒトはマルクス主義的箴言集の素材をコルシュに提供してくれるよう頼んでいる。このときブレヒトは『メ・ティ』を「中国風に書かれた態度学の本」と呼んでいることに注目したい。一九三六年末から三八年はじめにかけてのコルシュ宛の手紙でブレヒトは次のように書いている。

あなたもご存知の中国風に書かれた態度学の本をさらに書き進めるつもりでいます。材料を見渡したところまた、同封したような文章を入手しました。これはとても訳に立つので、続けてくれるようお願いする次第です。ご存知のように、文章は組み立てられ、関連したものから切り離され、バラバラであっていいのです。一握り分位送っていただけないでしょうか？　全くザッと書かれたのでいいですし、もうお察しでしょうが学者的な意味で言って証明なし、責任なしで結構です。つまり、作品の材料というわけですから。[2]

『メ・ティ』成立にコルシュがどのように手を貸したかはよくわからない。ただフォルケ訳の『墨子』を二人で熱心に読んだ痕跡が多数存在する。『メ・ティ』のなかでコルシュは「コー・オシュ」という名で登場し、キン・イェ（ブレヒト）の師として扱われているが、メ・ティによって批判的に扱われてもいる。以上のことから、二人はフォルケ訳『墨子』を入念に読み進め、ブレヒトの『メ・ティ』執筆を準備したと推測される。

ブレヒトとコルシュの『墨子』の読み方はやや異なっている。コルシュは墨子の弁証法的な記述にたいして惜しみなく拍手している感がある。主として「経説篇」、つまり論理学の部分においてである。例えば、

同一なものと同一でないものは互いにからみあっている。すなわち、金持ちの家で食事すると所有と非所有が分かる。[3]

この個所にコルシュによって傍線が引かれている。また

斜めであるものは、真直ぐであってはならない。その理由は剃ることである。[4]

ここにコルシュは下線を引き、欄外に、「素晴らしい。K」と記入している。タットロウはこの書き込みがブレヒトの恋人ルート・ベルラウのものであるとしているが、誤りである。筆跡がコルシュのものであるし、Kという記入はコルシュのものである（アンソニー・タットロウ

「悪魔の面」参照)。

『墨子』のこの個所について翻訳者フォルケはコメントを付けている。

斜めは真直ぐ、すなわち垂直の反対である。垂直はかならずしも斜めより良いわけではない。道徳的見地から直線の方が斜線より良いと言われようとも、例えばヒゲを剃るときには、垂直は必ずしも斜めよりいいわけではない。つまり、床屋は剃刀を斜めにかまえてしか剃ることができない。

フォルケは『墨子』を読む場合、弁証法的角度から解釈していると思われるが、コルシュの関心も『墨子』における弁証法の発見である。コルシュの傍線はあくまでも弁証的と思われるところにひかれていて、マルクスの主張と合致する部分、アリストテレスに類似していると思われる個所等に、それと指摘した書き込みがある。

一方ブレヒトは二通りの読み方をしている。第一に墨子の弁証法的言説への関心からである。

「大取篇」「小取篇」「経説篇」のタイトルをフォルケは「弁証法」と名付けている。第二に『墨子』が寓話としてそのまま素材になるかどうかを狙った読み方で、「耕柱篇」と「貴義篇」には赤でしるしがつけられているが、内容的に見て素材的なものである。しかしそれらをそっくりそのまま『メ・ティ』にもちいたわけではない。

ブレヒトが『墨子』を文字通り引用しているのは一ヵ所をだけで、しかも墨子が思考と行動を問題として述べている箇所である。

ブレヒトが注目して徴をつけた墨子の言葉に、「知ることは結びつけることである」というのがある。これに対するフォルケのコメントは、「人が事物を認識するのは、人が極めて異なった思考の結びつけを行い、そのことによって事物の多様な関係を発見することによってである」というものであった。ここで「知る」ということは知識でなく、物事を関連的に考察することによって認識にいたる、ということをフォルケの注と共にブレヒトも確認している。「考え」と「行動」を結びつける言葉をブレヒトはさらに次の言葉に見出す。

人がある観念をまだ知らない場合、その解明は——人はそれを使用してよい、というところにある。[6]

日本語訳では、「意（おも）うだけでは知ることができない。理由は可用（できること）と過忤（かご。順序をかえること）にある」（薮内清訳）に該当する箇所であるが、ここにブレヒトは下線を引いている。

ブレヒトは考えるだけで何かを知ろうとするのでなく、「使う」（anwenden）ことで認識が得られる点に賛成している。「考える」ことを「行動する」に駆り立てることをここで学んだ。

第三帝国の侵略戦争を前に、主にヨーロッパの文化人、芸術家、知識人などが反ファシズムの観点から考えを述べあって議論する機会はたくさん作られた。しかし、それらは人びとを行動へ導くことはできなかったとブレヒトは考えた。彼が同時代の文化人、学者を「インテリ」という語をもじって「トウィ」と呼んで批判した『トウィ小説』が同時進行で書かれていたことからも、ブレヒトはインテリたちの考えが行動に至らないことに批判的であった。

戦争をやめさせるには、「おしゃべり」でなく、行動が第一という精神をブレヒトは『墨子』

から読み取った。彼は、行動に至らないいわゆる「認識」論を、墨子にならって単なる「おしゃべり」と呼んだ。その考えを的確に表している箇所が『墨子』の中にある。

二　墨子の「おしゃべり」批判
「行動に至らない言辞は単なるおしゃべりである」

『墨子』で行動に至らない言辞を論じている箇所は、「耕柱篇」の侵略戦争反対の言葉と「貴義篇」にある。「知る」ということが行動へと結びついて行かない言説をブレヒトは『メ・ティ』のなかで、単なる「おしゃべり」と称して否定しているが、彼は『墨子』の中でつぎのような言説を発見した。

墨子は言った――行動に至らない言説（Worte）は何の役に立つのか、もしあることが何の役にも立たないのに相変わらず口にしているのは空虚なおしゃべりである。[7]

「貴義篇」には、さらに具体的に述べられている箇所がある。

墨子は言った、行動に導くことができる言葉を人は絶えず口にしてよい。しかし、その言葉がどんな行動も惹き起こさないならば、その言葉をいつまでも話してはならない。もし人がその言葉が行動を惹き起こすかのようにいつまでも言い続けるならば、それは役に立たないおしゃべりである。[8]

この個所にブレヒトは赤鉛筆で傍線を引いている。そしてほぼこの文章とおりに『メ・ティ』に取り込んでいる。

ブレヒトの『メ・ティ』では、行動を惹き起こさない饒舌について、「悪い習慣」というタイトルで以下のように述べられている。

歩いてもたどり着けない場所へ行くことを止めなければならない。話しても解決できないこと（問題）について話すことを止めなければならない。考えることで解決されえない問題について考えることを止めなければならない、とメ・ティは言った。[9]

これは『墨子』を読んで刺激を受けて書いた考えで、残された原稿の並びから、一九三四年から一九四〇年の間に書かれたと思われる。

ブレヒトの考えでは、「弁証法的」ということは、弁証法的な言説であるばかりでなく、言葉が行動を惹き起こすことである。物事を解説するのは現状を肯定するだけで、単なる饒舌に過ぎない、と『メ・ティ』で断言している。つまり、「考える」ことが常に「行動」と結びついていることをメ・ティは求めている。

> メ・ティ曰く、考えるということは、困難のあとにつづく何ものかであり、行動に先立つ何ものかである。[10]

ここに思考を行動へと促す、という作者の姿勢が見て取れる。

単なる解釈、単なる言葉の繰り返しはおしゃべりに過ぎない、と墨子は言っている。墨子は戦争を止めさせるために、あるいは弱小の国を護るために、「君子」を説得し、敵に責められた場合に用いる防御装置、武器を考案した。

この墨子の話を二〇世紀の中国の作家魯迅は、「非攻」という短編で書いている。

魯迅「非攻」（「戦争を止めさせる話」）

魯迅は、日中戦争のさなかに、行動しないで議論だけを重ねている往時の知識人を批判し、その対照的人物として「墨子」に焦点をあて、墨子の反戦行動をテーマとする一篇の作品を書き上げた。魯迅の短編集『故事新編』の中の「非攻」と題する小編がそれである。墨子が戦争を止めさせようと苦闘する話で、これは『墨子』の「非攻篇」でなく、「公輸（こうしゅ）篇」その他に取材して書かれている。

墨子は兵法家でもあって、彼の思想の眼目は戦闘的平和主義（非攻）と兼愛であって儒家と激しく対立していた。儒家は後に宗教的とも言える強固な集団を形成したが、秦帝国と共に壊滅した。しかし漢の時代に儒家が復活したため、墨家は力を失いやがて消滅し、後には墨子の言行録である不完全な『墨子』しか残らなかった。

魯迅の『非攻』では、戦争を止めさせるために説得の長旅に出かけ、戦争を止めさせることに成功した墨子であったが、人には評価されなかったことが最後に書かれている。

魯迅が墨子を高く評価したのは、その政治的反戦の行動である。

ブレヒトは同時進行的に長編小説『トゥイ小説』（Tui-Roman）を書いていた。「トゥイ」とはインテリを表す intellektuell のアナグラム Tellekt-uell-in の頭文字をとって Tui（トゥイ）としたもので、知識人を指す語と考えられる。この『トゥイ小説』ではファシズムの侵略戦争に対して、「おしゃべり」の会議ばかりを重ねているヨーロッパの文化人、作家、学者に対する批判を戯画的に描こうという動機で書かれていた。

『トゥイ小説』の詳細については、以下の〈補説〉を参照されたい。

三　〈補説〉『トゥイ小説』と『トゥランドット』におけるブレヒトの知識人問題

一九三三年に始まる亡命によって、舞台と観客を失った劇作家ブレヒトは、それが単に経済的損失を意味するだけでなく、助言者でもあった自分のアドレサートを失うことであると理解した。彼は「問われないのにどう答えることができようか」と考え悩んだ結果、「僕の提案を長持ちする言葉で書こう／それが実行されるまで長くかかるかも知れないから」と決心した。このような状況から、「長持ちする言葉」で書かれた散文やパラーベルが書かれる必然性が生じた。これらは未来を長い射程で見通した結果として、ユートピア的要素を持ったばかりでなく、現時点では簡単には解けない謎としても存在し、「跡をくらませ！」という忠告に従って、敵の目から真意を隠ぺいする役目をも果たしていた。

亡命者の課題は希望を持って生きのびることであったから、この期間に書かれた作品のテーマは必然的に何らかの形で「生きのびること」と結びついている。長い未知の道を行く旅人にとって道標による位置確認が必要なように、ブレヒトにとって亡命の原因となったファシズムと自分たち知識人との関係を検討し、知識人の現代社会における位置づけをする必要が生じた。

第一次世界大戦後にブレヒトは知性が「商品的価値」を持ち、それゆえに、資本家側からもプロレタリアートの側からも不信をもって見られることを指摘した。彼は知識人が自己を「知識人としての統一体」として、社会構成の一要素としてとらえることを要求し、「知識人は革命をつうじてのみ自己の（知的）活動の展開を期待し得る。革命における知識人の役割は知的役割である」[11]と述べている。

この問題はベンヤミンによって、知的生産手段の発展とその社会化への要請として展開される。ベンヤミンの著作『生産者としての作家』を読んだあとで、ブレヒトはベンヤミンに向かって、「この理論は僕を含めた大ブルジョワ作家のタイプにだけ当てはまるのです」と前置きした後で、「このタイプの作家は実際は生産手段の開発という一点においてプロレタリアートの利益と結びつくのです。しかしこの点において彼は生産者としてプロレタリア化するのです。しかも徹底的に。この徹底的なプロレタリア化が作家を完全にプロレタリアートに連帯させるのです[12]」と語っている。ブレヒトの場合、作家の生産手段の優秀さは専ら「ブルジョワ・イデオロギーに風穴を開けるために」プロレタリアートによって求められると考える。このとき働く知性は彼自身認める如く、「ダイナミックで、政治的に言えば清算的知性」である。これはベンヤミンの描く、来るべき良きもののために、すべてを片づけて場所をあける「破壊的性格[13]」と奇しくも一致する。

ブレヒトの表現手段のもつこの破壊的性格は、彼が労働運動にかかわりだして以来、風刺に対する疑問として反省される徴候を示し、亡命前後に、散文による風刺と寓意を持った暗示へと変容する。

デンマークに亡命した時はすでに『墨子』の体裁を真似た『メ・ティ』が、カール・コルシュとの討論の中で書き始められており、パラーベル集『コイナー氏の話』も書き続けられていた。また、一九三四年には「インテリの愚かさに対する百科全書的概観」となるはずの『トゥイ小説』のプランができていることをベンヤミンに告げている。『トゥイ小説』はその間に科学者の問題を提起した『ガリレイの生涯』を間に挟んで、アメリカ亡命中も書き続けられたが、DDR（ドイツ民主共和国）への帰国後その一部である『トゥランドットまたは三百代言の学者会議』が完成されたのみで終わった。

この論文では、知識人としてのブレヒトの自己認識との関連で展開された『トゥイ小説』と『トゥランドット』にみられる問題を、一九三三年の亡命から一九五三年のベルリン暴動までを追って考察する。

『トゥイ小説』（Tui-Roman）のプランによると、この作品ではヒーマ共和国（ワイマル共和国）の成立、トゥイ（Tellekt-uell-in、インテリ）の繁栄、その没落と排除が書かれるはずであった。定義によれば、トゥイとは「市場と商品の時代のインテリのこと。知性の賃貸屋」である。

社会の混乱の原因を知るために、皇帝が学者たちの会議を召集するという小説の筋は、一九三三年のパリの「文化擁護のための国際作家会議」以来の着想であると思われる。ブレヒトはこの会議に参加した後で、コルシュ宛に「《トゥイ小説》のためにたくさん材料を仕入れました」と書いている。[14] そのなかでトゥイの一例として挙げられているのは、「人間の尊厳と精神の自由」を訴えたハインリヒ・マンである。ブレヒトは、所有の関係を変えることなくして文化は擁護されないと主張し、参加者の大多数の反ファシズムのスローガンであった「精神の自由」に賛同しなかった。『トゥイ小説』の中では、所有の関係を変革しなかった共和国のトゥイたち（社会民主党のイデオローグ）が次のように描かれている。

トゥイたちはヒーマ国中に「役人、作家、医師、技師および各専門の学者として、また僧侶、俳優として多数散らばっていた。一流のトゥイ大学で教育され、彼らはこの時代の知識を意のままにしていた」と紹介される。このトゥイたちの代表は皇帝のした三八ヵ国との戦争・終結処理にあたって、戦争の原因をただ精神的なこと、すなわち人間のもつ征服欲、その野蛮さ、破壊的衝動などに帰して、戦争の原因を決して経済的理由には求めなかった。この観念性がヒーマ共和国の特徴を成り立たせており、それをヒーマ憲法起草の経緯に見ることができる。

憲法を起草することになったザー・ウー・プレー（フーゴー・プロイス）が安煙草をいっぱいに詰めた箱を従僕に担がせて、ひそかに地下道を通って首相官邸に導かれ、手りゅう弾の入った箱を机代わりにして空腹に耐えながら憲法を起草する話（「ヒーマ憲法」）は「憲法の各条文ごとに具体的で日常的な場面が対応するカリカチュアである」[15]とピッケロートは論文「トゥイの教え」で述べている。

例えばザー・ウー・プレーは許可書がないという理由で玄関から入れてもらえず、こそこそと裏口からはいらざるをえなかったので、この経験からまず、精神労働と著作権は国家によって保護されるという条項を作成する。かれが住居の不可侵性の条文を口述させていると、荷物運びの従僕が「わたしには今、家がないんですけど、それはどうなるのでしょうか？」と尋ねる。「よろしい。書きなさい。各人は土地を購入する権利を有する。これでいいかな？」すると従僕は暗い目つきで学者を見つめる。しかし憲法学者は「宮殿に住んだって、自由でなければ何になるか？」と、自由がすべてに優先することを説き、土地や家のない人々が、所有するようになるのでなく、持たない人の持つ権利だけが保証される。このようにして、所有関係には改革を加えなかった社会民主党の仕事が暴露される。

一九三八年になると、ヨーロッパ各地での作品上演が減少し、経済上の心配、ソ連邦での粛清、ドイツ軍のデンマーク侵攻などの不安が増し、ブレヒトにとって亡命生活が本当の意味で身に迫ったものになってきた。この年ブレヒトは『ガリレイの生涯』を約三週間で仕上げる。

この初稿では「真実を書くにあたっての五つの困難」で示される、受難の時代に策略を用いて生き延びることの意義が強調され、真理を嘘と言った科学者の現代史的意味での犯罪性は問われていない。

一九四一年にアメリカへ亡命してブレヒトはドイツからの多数の亡命者たちとハリウッドの近くで顔を合わせるようになった。「ここでは《トゥイ小説》のため以外の収穫は少ないです――ヘルベルト・マルクーゼ、ホルクハイマー、ポロックなど[16]」とすぐコルシュ宛に書いているが、一年間たってもブレヒトの孤立感は消えなかった。「精神的孤立はここではものすごいです。ハリウッドと比べるとスヴェンボルは世界の中心でした」とコルシュに嘆いているありさまであった。さらにブレヒトは、アメリカでは「知性の商品化」が日常化しているのを目撃し、「この国は僕の《トゥイ小説》を駄目にする。ここでは意見を売っているからと言ってそれを暴露することはできない。それは裸のまま歩き回っている。彼らが指導していると思っているのに導かれているという大コミック、すなわち社会的存在を規定すると思いこんでいる意識のドン・キホーテ的なものは――これは多分ヨーロッパだけにあてはまったのだろう[17]」としょげ返った。

このような時、ハンス・アイスラーがホルクハイマーの率いる社会研究所を『トゥイ小説』のモデルにするように勧めている。『作業日誌』には次のように書かれている。

老いた億万長者（穀物商ヴァイル）が世界の悲惨さに不安をもって死ぬ。彼は遺言でこの悲惨さの原因を探求するために研究所を設立するようにと大金を寄贈する。この研究所は民衆の怒りが高揚したため皇帝が悪の根源を見つけようとしたとき活躍した。研究所は会議に参加した。[18]

さらに一年半後の『作業日誌』に「アドルノがここにいる。このフランクフルト研究所は『トゥイ小説』の宝庫だ」という記載があり、これらを見ると、「社会研究所」を『トゥイ小説』のモデルにしようとする試みはしばらく続いたことがわかる。

亡命中のトゥイたちは「彼らの考えは、新しいコートに買い替えられないので、ひたすらブラシをかけられるコートのように、みすぼらしくなった。希望さえも風化と老化とブラシの恐るべき痕跡をとどめていた」[19]と辛らつに諷刺される。精神的に孤立していたブレヒトの観察はますますイローニッシュになるが、彼自身も映画の仕事を探して東奔西走しても、ほとんど仕事が見つからなかった。その時の自分をブレヒトは、

毎朝僕はパンを稼ぐために
市場に行く。そこでは嘘が買われるのだ
希望に満ちて
僕は売り手の間に並ぶ

と「ハリウッド・エレジー」になかで書いている。嘘の売買される知識人の市場で、自分の詩を売ろうとして並んでいる詩人は、自分のことをもトゥイの一人に数えてしまったようだ。

このように『トゥイ小説』を先取りしているアメリカ生活を体験したことが、疑いもなくブレヒトの意気を殺ぐ結果となった。『トゥイ小説』では、ヒーマ共和国（ワイマル共和国）史がトゥイたちの果たした役割というパースペクティヴから書かれる予定であった。ヒーマ共和国の歴史の中で、少年フングとクワンがトゥイへと教育される過程が小説の筋となり、その間に

トゥイをめぐる物語、報告、寓話等が百科全書的に挟み込まれるはずであった。しかし、この文学的複合体は種々の表現形式が自己主張したまま雑居し、作者はついに全体にわたるファーベルを持つことができなかった。『トゥイ小説』は知識人層の総体をとらえようとする動機で展開されるが、この動機は「知識人の総体をとらえることは、可能でもなく必要でもない。必要なのは知識人層を割ることである」というブレヒト本来の攻撃的意図とは矛盾する。つまり、諷刺によって、知識人層に風穴をあけ、なおかつ総体として表現するための新形式の試みは挫折したと言わざるをえない。

東ドイツへの帰国後、『ガリレイの生涯』を改作して、ガリレイの科学者としての態度を断罪し、後世までの責任を問うたブレヒトは、この作業が終了したところで、約二〇年間中断していた『トゥランドットあるいは潔白証明者会議』(Turandot oder Der Kongress der Weisswäscher) を、一九五三年六月一七日のベルリン暴動のあとの数ヶ月で仕上げた。序文でブレヒトは「理性の黎明を《ガリレイの生涯》で書いた後で、僕は理性の黄昏を書く気になった。それは一六世紀末に資本主義時代を開いたあの種の理性の黄昏である」と述べているが、この言葉から推測すると、『トゥランドット』は知識人の問題として『ガリレイの生涯』から一貫したテーマを背負っていることが分かる。

『トゥイ小説』のヒーマ共和国とトゥイたちの物語は、『トゥランドット』の中に簡潔化されて持ち込まれ、展開される。ここに至り、フランクフルト社会研究所は影をひそめるが、アイスラーのヒントは生かされている。すなわち、真理を述べることによって知識人たちの立つ経済的土台が危機に陥るときは、知識人たちは weisswaschen して（黒を白と言いくるめて）嘘をつかざるをえない。ブレヒトは、フランクフルト学派の研究はそれが設立者の階級的利害に触れるときは、巧妙な作文になると考えた。

『トゥランドット』知性の濫用

『トゥランドット』は『トゥイ小説』と同じく「知性の濫用」をテーマとするが、ここでわれわれはブレヒトの指摘する知性の商品的性格が、どのように成立し、どのように機能するかを観察する必要がある。「マハゴニーへの注釈」のなかでブレヒトは、舞台・新聞等の機能がまだ人々の共有になっておらず、生産手段が生産者のものでないことによって、芸術作品が商品的性格を持ち、商品の一般的法則に従っていることを述べたあとで、「芸術は商品だ――生産手段なしには生産できないのだ」と述べている。しかし『トゥランドット』ではさらに状況が厳しくなって、芸術作品ばかりでなく、あらゆる知的生産物が市場に出され、売られる有様が、辛辣な諷刺で描かれている。

『トゥランドット』のなかでトゥイたちはカーストを形成しているが、その中でも大トゥイたちは皇帝のイデオローグである。彼らは国の主要産物である木綿が国中から消え、国内経済が混乱状態になったのはなぜか、という皇帝の質問に答えなければならない。彼らの知性は、正しく回答すると皇帝の矛盾を暴いてしまうので、上手に作文して嘘をつくという「黒を白と言いくるめる者」（Weisswäscher）としての機能を果たさざるをえない。例えば、大トゥイでトゥイ大学哲学科の主任教授であるムンカ・ドゥは「木綿が問題なのではなく、木綿についての思考の自由が問題なのである」と巧妙に演説を始めるが、つい調子に乗って、「私にとって皇帝の倉庫にある木綿が問題なのでなく、自由が大切なのである！」と真実を語ってしまい、他のトゥイと同様に斬首される。かくして優秀な学者たちの首が、次々と城壁に晒されることになる。

このように、現実を変革することのできない非実践的思考が、大トゥイたちによってトゥランドット姫を獲得するための滑稽な演説に濫用された。トゥイたちは人々の信頼を失い、トゥイになれなかったギャング、ゴーガー・ゴーグ（ヒトラー）の暴力によって逮捕され、処刑され、また追放された。

一方、草稿によると、小トゥイ達と学習中の者たちは、もっとも人間らしい人間として中心に置かれて描かれる予定であった。第九場がその意味でこの芝居の中心となる。小トゥイたちは逮捕と戦禍を避け、文化遺産と称して滑稽なものを引きずってくるがこの行為は否定されていない。反乱軍のために武器を作っている鍛冶屋が、文化財は保存されるべきだとして、貧しいひとびとと共に隠す場面では、小トゥイたちの度し難い観念性は諷刺されても、彼らの自己懐疑とカイ・ホーが率いる反乱軍への参加が書き加えられることにより、作者によって肯定的側面が書き加えられている。ブレヒトの意図は、無力で善良な小トゥイたちの自己認識をうながすところにあったと思われる。

少年たちと共にトゥイ修行にやってきた老齢のゼンは、「人はここで考えを魚のように売っている。その結果、考えることは不評をかうようになった。しかし、考えることはきわめて有用なことであり、快適なこと」を知る。思考は作品として売られることにより没落した、とゼンは考える。知的産物が買ってもらうために買い手に媚びることによって変質し腐敗する過程が観察される。ゼンが孫の少年に言うように、橋を建設するのは労働者であるが、橋の架け方を教えるのはトゥイの知識である。ゼンは知識は有用であるが同時にその用い方を誤ってはならないと語り、知性はその商品的価値を失うことによってはじめて、その有用性を支配者のナンセンスな仕様から解放することができると述べた。

ブレヒトはトゥイの持つ生産手段が資本や土地と同様に民衆によって共有されるべきものとしている。知性は「インテリが民衆に対立せず、民衆がすべてインテリ化するまで」その商品的性格を持ち続けるだろう、とブレヒトは考えた。しかし、『トゥランドット』ではその状態が真の解放者カイ・ホーの革命によって間もなくやって来ると、ゼンによって語られる。

カイ・ホーは元はトゥイであったが地方で反乱を起こし、土地を農民に解放し、首都を攻略し、彼の軍隊は皇帝とゴーガー・ゴーグの手から中国を解放する。しかし、カイ・ホーとその革命軍は最後まで舞台に姿を現さず、噂だけが刻々と伝わってくる中で、舞台裏から民衆の歓声で革命の成功が示される。「はたおり党」（社会民主党）と「はだか党」（共産党）の統一戦線の失敗と構想が諷刺的にリアルに描かれているのにたいし、カイ・ホーは規制のどの党派としてでもなく、人々の希望から生じたイメージのように描かれている。したがって、カイ・ホーはゼンのことばで、「彼のことで今まで知っていたのは、馬鹿者が彼をバカと呼び、嘘つきが彼を嘘つきと呼んでいたことだけだ。しかし、彼が居て考えたところでは、広い畑に米や綿が実り、人々は見るからに楽しそうだ。もし人々が楽しげで、考えたというならば、きっと十分に考えたのだろう。それがその徴だ」と語られるだけで実態がない。「楽しそうだから、その人は十分に考えたのだろう」という表現は、思考が支配者による濫用から解放されていることを示すが、それまでの事件と直接関係のないところから伝聞だけで生じてくるので、筋の展開の上から見ると必然性に欠ける。

ドイツ文学研究者ピッケロートの指摘するように『トゥランドット』が「克服された悲劇への風刺劇[20]」であるならば、すなわち現在からみて笑ってやろうという茶番劇であるならば、解放者は多分赤軍の格好で登場してよいはずである。カイ・ホーは真に考えるものとして国民を解放する者であるが、噂としてだけその存在が伝えられ、現時点はまだ到着していないことに注目すべきである。ブレヒト研究者ヤン・クノップは、ブレヒトが中国革命を真の民衆運動と見做していたとして、カイ・ホーは毛沢東であるとしている。筆者はブレヒトの『トゥランドット』の草稿の間に、毛沢東の写真の切り抜きが挟んであるのを目撃している。一九五三年ころ友人のヤーコプ・ヴァルヒアーが『矛盾論』のドイツ語訳をブレヒトに貸して読ませている。毛沢東についての記載はブレヒトの『作業日誌』[21]にもある。

また、孫の少年と共にトゥイたちの活動を傍観していてどの党派にも加わらない老農夫ゼンの姿をもちいて、観客や読者をここに書き加えたと考えることができる。一九五三年の視点から見ると、ブレヒトがドイツ民主共和国の観客にそのような思想の変革を求める理由があったと推測される。

ベルリン暴動とブレヒト

一九五三年六月一七日のベルリン暴動を見てブレヒトは、「方針もなくみじめなありさまであったが」、労働者のデモがその存在をしめしたことに大きな意義を感じた。党（SED）にとってはやっと労働者を獲得できるチャンスができた、とブレヒトは判断し、「僕は恐ろしい六月一七日を必ずしも否定的に思わなかった。プロレタリアートが、強化されたファシズム時代の階級敵にまたもや引き渡されるのを見た瞬間も、その時代と対決できた唯一の力を見たのだ」と八月二〇日の『作業日誌』に記している。その一ヵ月後には、あるブリキ工の話として、ナチスがドイツ民主共和国（旧東ドイツ）の中で復権して来ており、「人は口を開けることができない。もう二〇年来口が開けられないのだ」と書いているが、これらは旧東ドイツの中に、かつてのファシズムの国家機構が息を吹き返していく様子を表している。

『ベルリン暴動の後、『トゥランドット』を執筆しながらブレヒトは政府が暴動から何も学ばなかったことを見て取る。

六月一七日の暴動のあと
作家同盟の書記が
スターリン通りでビラを配らせた
そこに書いてあった。国民は
政府の信頼を失った
それは労働の倍加によって
取り返せると。
もっと簡単なのは、政府が

国民を解散して
別のを選ぶことではないだろうか[22]？

「解決」と題された『ブッコー・エレジー』の中のこの詩は、「作家同盟の書記」である新しいトゥイが、復活した国家機構のなかで、国民に「考え」を売っている現実を暴露している。旧い国家機構が復活した理由をブレヒトは、ソ連の援助下で行われた社会主義化であったため、経済上の大変化はあっても、国民の思想に大変化を惹起することができなかったことに求めている。

草稿の「トゥランドットへの序文」で、「革命は行われなかった。戦いの最後の時になっても市民は、自分たちを不幸と犯罪へと突き落とした政府にたいして蜂起しなかった[23]」と記している。その結果、自力で新しい政府が作れず、改革も上からの方針でなされた。しかも、ドイツのような高度に分業の進んだ文明社会では、国家機構なしで済ますことは出来なかったし、完全に新しいのを作れもしなかったので、新しい為政者の下でナチスの機構が動き出し、官僚機構が国民を管理しはじめたのだ、とブレヒトはソ連軍による解放後のドイツ再建を振り返っている。

このように、『トゥランドット』を書いていたころのブレヒトにとって、過去は笑って楽しめるものではなく、その過去によって定められてしまった未来も、願わしいものとはなりそうになかった。

一九五四年に書かれた「車輪の交換」と題する詩では、次のように心情を語っている。

僕は道端に座っている
運転手は車輪を替えている
今までいたところは好きでない
これから行くところも好きでない
なぜ僕は車輪の交換を見ているのだ
いらいらしながら

このような当時の状況に対して、『トゥランドット』の最後の場面でのカイ・ホーによる解放は、ドイツ史上一度も成功しなかった人民の蜂起である。したがって、これは過去のこととして回顧されているのではなく、未来において希望されているのである。将来『トゥランドット』を茶番劇として笑えるように、というブレヒトの希望が書き込まれることにより、劇の結末はユートピア的になったと考えられる。

亡命の旅の途中で書かれた『トゥイ小説』と帰国後に仕上げられた諷刺劇『トゥランドット』を見ると、ブレヒトが知識人を社会構成の中へ位置付けていく過程で、知性が商品的性格を持つことを見出したことがわかる。彼は、知性が売られることによって、退廃していくことを、この二つの作品で諷刺的に描いた。しかし、知性が退廃しないためには、それが商品であることを止めなければならないとするブレヒトの主張は、作品ではユートピアとして示されるにとどまった。

ワイマル共和国の崩壊とそれに続くブレヒトの亡命生活は、彼自身の知識人としての社会的な意味での自己確認の場となったが、ブレヒトが提案した知性の全的解放は社会主義のドイツが誕生した段階でもまだ未解決である。

〈初出〉根本萠騰子「『トゥイ小説』と『トゥランドット』におけるブレヒトの知識人問題」日本独文学会編『ドイツ文学』六九号。若干の加筆・訂正あり。本書末にドイツ語要約を掲載する。

第三章　注

1 Karl Korsch. カール・コルシュ。哲学者、社会運動家。一八八六年—一九六一年。ドイツ生まれ。一九三六年アメリカ移住。『マルクス主義と哲学』『カール・マルクス』。ブレヒトにマルクス主義を教えた。

2 Bertolt Brecht: GK.Band 28. S.569

3 A.Forke: Mê Ti. S.460

4 ebd: S.460

5 A.Forke: Mê Ti. S.414

6 ebd: S.432

7 ebd: S.549.

8 ebd: S.554. 日本語訳では「貴義篇」

9 Bertolt Brecht: GK. Band 18. S.130

10 ebd: Band 18. S.62

11 Bertolt Brecht: "Die Verteidigung des Lyrikers Gottfried Benn." In: GK. Band 21. S.339f. 1929

12 Walter Benjamin: Gespräche mit Brecht. In: Versuche über Brecht. Suhkamp. S.117

13 W. Benjamin: Der destruktive Charakter. In: Gesammelte Schriften. Band IV-1. S.346f.

14 Bertolt Brecht: Briefe. Suhrkamp. S.254

15 Gerhart Pickerodt: Die Lehren der Tuis. In: Brechts Tui- Kritik. Argument Verlag. 1976. S.90-110

16 Bertolt Brecht: Briefe. S.430

17 Bertolt Brecht: Arbeitsjournal. Suhrkamp. 1973. S.418

18 ebd: S.443

19 Bertolt Brecht: GK. Band 17. S.160

20 Pickerodt: Die Lehren der Tuis. S.105

21 Bertolt Brecht: Arbeitsjournal. S.418

22 Bertolt Brecht: GK. Band 12. S.310

23 Bertolt Brecht: BBA. 559/01-03. Tiele: Brecht und der 17. Juni 1953. S.98

第四章　墨子の「兼愛」とブレヒトの「自己愛」

墨子は全くの利他的博愛主義を唱えたのではない。「兼愛」を説いた墨子は自分をも愛の対象にしている。この考えに触れてブレヒトは自分の考える「自己愛」を検討している。アルフレート・フォルケのドイツ語訳『墨子』で、墨子が自己愛を主張した以下の箇所にブレヒトは赤鉛筆で矢印を書き込み注目している。

人間への愛は、自分自身を抜きにしない。というのは、自分自身も愛される人びとの中に含まれるからである。だから愛も自分の上へ広がる。一般に自己愛と称されるのは、人間への愛である。[1]

さらに、「寛大であることは、自分自身を除外しない」という文に、フォルケは次のような注を付けている。

これは自己愛が我欲でないという考えの発展である。墨子は人間が同胞とともにあって、自己を犠牲にすることを求めない。人間は自分の幸福も配慮し得るのである。

この注にもブレヒトの赤鉛筆の印が付けられている。ブレヒトの墨子への同感は墨子が我欲すなわち利己主義と、「兼愛」に基づく自己愛を区別して教え、後者を大胆に肯定したことにある。

一 「兼愛」と「別愛」

墨子は「兼愛」と「別愛」とを対立的に考えている。「兼愛」は我と他者との区別なく「兼（ひろ）く愛する」ことであり、兼愛を持って政治を行えば、天下の利益となる。一方、「別愛」は利己的な愛のことである。墨子は別愛を主張しながら兼愛の利益を得ようとする人びとについて、次のような例を挙げている。

例えば、一家の主である夫が出征して妻子老父母を残していくときには、「別愛」の人に後を託すのでなく、必ず「兼愛」の人に頼んでいくのは矛盾していると墨子は反駁している。しかし、世の人びとが兼愛を非としたのは、「自分の親の利益に忠実でなくなり、孝行をする上での害となろう」という懸念からであると墨子は考える。それに対して、個人的規模での親孝行でなく、社会的規模での社会福祉、老後の世話が肝要であると墨子は説いている。

彼によれば、「兼愛」が政治の基本的姿勢であるのにたいして、自我愛である「別愛」は、個人の要求の範囲を出ることがない。墨子は君子が兼愛の精神をもって政治を行えば世の中がよくなると主張したのであって、兼愛が行われるような社会機構を作りだそうと言っているわけではない。

兼愛説がブレヒトを魅了したのは、墨子が滅私奉公のための無私を要求せず、逆に自己をも愛の対象として肯定したからである。ブレヒトはこの自己愛が各人の自立性に基づくものであることを明示し、その基盤にたって共同作業することを求めた。

ブレヒトは、一連の劇作の中で、困難な状況に陥ったときの人間の生き延びの態度を検討しているうちに、利己主義の是非を社会的状況との関連から捉えた結果、状況を変えること、その中で自分も生き、人も生きられることを目指す態度が望ましいという考えにたどり着いた。『メ・ティ』にはもはや「いいえ」と言えない人は登場せず、自立した個人とそれらが作る全体という視点から真の自己愛をもつ人間像が提起された。真の自己愛は、他者への愛の基盤となった。

『墨子』のなかでブレヒトの思考の動機になった個所がある。これは『メ・ティ』で徳性の問題として追求される道徳的教えに対する態度を描いた箇所である。ここでブレヒトは墨子の主張のなかに「家族」の否定を見出す。

人は隣人の両親を自分の両親のように愛する。類は、老人の世話。[2]

フォルケは「この主張は全く反儒教的であり、墨家に固有のことである」と注を付け、ブレヒトはその下に「家族に反対」と書き込んでいる。

墨子は「兼愛」の教えで、自分の親と同じように他人の親を大切にすれば、自分の親も他の人々によって尊重されるということを説いている。その主張は年長者の尊重と家の優位を説く儒教とは全く対立することになる。

ブレヒトは「兼愛」を説く墨子の教えから「自己愛」を導き出している。この考え方はヒトラーのスローガン「公益は私益に優先する」をひっくり返し、ブレヒトは公益が私益に等しくなる社会の建設を説くこととなった。

二　利己主義と自己愛

ブレヒトはまず、自己犠牲の上に立つキリスト教の「汝の隣人を愛せ」という教えに反論した。『メ・ティ』によると、

「汝は汝自身の如く隣人を愛すべきである」という有名な命題について、かつてメ・ティは言った。もし労働者がその通りにしたならば、自分自身を愛さないときのみ隣人を愛すことができるという状態を決してなくすことがないでしょう。[3]（「倫理学断罪」）

自己犠牲がなければ隣人を愛せない状態は良くない状態であるとメ・ティは考える。この状態をなくすには自他の関係を対立的にとらえるのを止めて、両者がいずれも救われる方法を考えなければならない。ブレヒトは、自己犠牲なしに人を助けることができるのを最良であるとした。それはどんなにささやかなことでも可能である、と考えた。

たとえば、『コイナー氏の話』の中に、「友情行為」という話があって、コイナー氏が誰にも特別の犠牲を求めない友情行為を正しいとした例が示されている。これは日本の大岡政談の「三方一両損」と似た話であるが、この友情行為では誰も特別な犠牲を払わない。

ブレヒトは、利己主義そのものが悪いのでなく、利己主義を存続させるような社会機構が悪いと考えた。彼は犯罪者に関して、「無私であることが無私的な人にとって良い行為となるような状況を作ろうとしない限り、我々の時代にには利己的な人を呪う権利はない」（「犯罪者について」）と述べている。

彼は利己主義（エゴイズム）でなく、他者を害さない「自己愛（Eigenliebe）」が不可欠であると主張する。むしろ、各人の自己愛の欠如が悪い状態を作ると指摘している。

自己愛はそれが他人に敵対して用いられなければ、嫌うべきものではない。むしろ自己愛の欠如に対してわれわれは反対すべきところがあるだろう。悪い状態は自己愛の強い人からも、自己愛の欠如した人からも生じてくる。

と述べて、自分を愛さない者を次のように例示する。

自己を十分に愛さない者、自分が愛されるような手立てを講じない者、体を洗うのに石けんを使わない女、自己形成するのに知識を使わない男、疥癬病者としてあちこちに蹲っていなくてすむように手当を十分にしない者、そういう人は自分の惨めさで共同体を毒するのである。

他人に危害を及ぼさない自己愛を持とうとするならば、正しい自己愛を生み出す状況を求めなければならない。『コイナー氏の話』に次のような寓話がある。

自分自身を世話しない人は、ほかの人が自分を世話するように仕向ける。彼は下僕か主人であるが、これは当事者以外には区別できない。

それでは自分自身を世話する人が正しい人ですか？　という問いに対しては、自分のことを世話する人は、無とかかわっている、彼は無の下僕であり、何も支配していない。

これに続けて、それでは、自分自身を世話しない人が正しい人か？　という問いに対して、「そうです」とコイナー氏は言って、他の人に自分を世話させないし、他の人を自分を世話するように仕向けないならば、という条件をつけている。[4]

人間社会での個人の自立が、真の自己愛の基本であるように考えられる。つまり、自立していて自立していないありようが考えられなければならない。

『コイナー氏の話』には、自己愛は自殺的である、ということの寓話「誰への愛？」がある。

三　自他共に生きる道

ここでいうブレヒトの「自己愛（Eigenliebe）」は、墨子の説く自己愛と一致する。墨子は隣人愛として「兼愛」を主張したが、「兼愛」は自己犠牲的な隣人愛ではなく、自分を含めた人間愛である、と言う。

人を愛することは、自己を除外するのではない。自己も愛せられる対象である。自己も愛せられる対象であり、愛は自己にも加えられる。（「大取篇」藪内清訳）

しかし、「兼愛」に反対する意見も墨子の弟子から出されている。フォルケ訳『墨子』四六章の一七の注にブレヒトは赤線を引いている。[5]

ここで問題になっているのは、墨子の弟子である巫馬子（ウー・マー・ツ）が「兼愛」に反対意見を述べるところである。ウーは言う。

私はすべての人を同じように愛することはできません。私は越人よりも鄒人を愛し、鄒人よりも魯人を愛し、魯人よりも村人を愛し、村人よりも家人を愛し、家人よりも親を愛し、親よりも自分の身をかわいがります。（中略）だから自分が生きるためなら、むしろ他人を殺すでしょう。というのは、自分が殺されなければ、それが自分を利するところだからです。

この個所に付けられた以下のフォルケの注にブレヒトは赤線を引いている。

相手を殺して自分を利することがあっても、自分を殺して他人を利することはできない、という巫馬子という弟子の考えを巡って、フォルケは注を付け、「有殺彼以殺我、無殺我以利他也」の部分を、「自分は自分を利するためには他の人を殺すかもしれない。しかし、他の人を利するためには自分自身を殺さないでしょう」と独訳している。

それから先の部分では墨子が巫馬子の考えを批判する。まず墨子は、この考えを他の人に話すつもりか、と問う。巫馬子がそのつもりだというと、墨子は次のように言った。

それでは一人の人間が君の説に賛成したとすると、その人間は君を殺して自分を利そうとする。天下の人々がこの考えに賛成すると、天下の人々が君を殺して自分たちを利そうとする。また一人の人間が君の説に反対したとすると、怪しからんことを言う奴だとして君を殺そうとする。一〇人が反対すれば、その一〇人が怪しからんことを言う奴だと言って君を殺そうとする。天下の人々が反対すれば、天下の人々が怪しからんことを言う奴だと言って君を殺そうとする。君の説に賛成しても君を殺そうとし、反対してもやはり君を殺そうとする。これは世間でいうように、軽々しく口をきくと身を滅ぼすことになるというものだ。君の言うのは利益に反することである。何の利益もないのに言うことは、ただ口をすり減らすだけだ。[6]

さらに、巫馬子の話の内容が矛盾していることを述べた後で、墨子は言う。

「君の言葉が何ものかの役に立つか?何の役にも立たないことを相変わらず言い続けるなら、それは空虚なおしゃべりだ[7]」と。

この言葉は『墨子』のなかで繰り返し述べられるが、ここでもブレヒトは「最後の文ゆえに」と書き込んで、「空虚なおしゃべり」を戒めている。

自分を利するためには、他の人を殺す。しかし他の人のために自分を殺すことはない、という弟子の言葉にブレヒトは注目した。これは追い詰められた状況である。ここでは、ブレヒトが巫馬子の考えに賛成したということではなく、自分と人との利害が対立している状況に注目したことを表している。

墨子の言う「兼愛」は、自分自身を捨てよ、と言っているのではなく、自分も愛される対象である、自分を除かないで兼愛（ひろい愛）を考えよということである。

墨子亡き後、弟子たち「墨家」は自己犠牲的行動によって利他主義を貫き、没落した。彼らは人を幸せにしなかったと、『荘子』には批判的に記されている。

そのころブレヒトの関心は革命運動の集団で起こる「自己犠牲」にあった。自己放棄をテーマとした『処置』等の教育劇と呼ばれる一群の作品を執筆していた時期である。ブレヒトは自分を生かし、同時に他者も生きる解決策を『はいと言う人』で示している。

『荘子』によれば、墨子の兼愛は人類への愛であると述べられている。しかし個人への倫理的教えを説いているのではなく、全人類の実践として政治化されなければならなかったであろうと言う。『荘子』では墨子を次のように評価している。

（墨子たち）の意図は正しいのだが、その実践のありかたはまちがっている。後世の墨家の人びとをかりたてて、必ずわが身を苦しめて、ふくらはぎの肉が痩せ落ち脛の毛がすりきれるほどの勤労へ進ませよう、としているだけのことだ。世を乱す方策としてはましな方だが、世を治める方策としてはまずいものだ。とはいえ、墨子はまことに世界を愛する人物だ。それを救済しようとして果たせないときには、その身が枯れはてようとも、どこまでもやめない。優れた人材であることよ。[8]

この言葉は一概に墨子を誉めているとは言えない。むしろ若干の揶揄が感じられる。しかしここから読み取れるのは、墨子の考え方はもっともだが、実践行動が間違っている、ということである。兼愛を標榜して働き、自滅まで自分たちを追い込んでしまうのではないか、という疑問である。これはブレヒトが戯曲『ゼツアンの善人』で善意の女性シェン・テを自己矛盾で破滅するところまで追い込んだことを思わせる。

ここから前へ進むためには、ブレヒトには思考と行動を教える「弁証法」の導入が必要であった。

四　横に並ぶ愛　ライ・トゥの話

儒家が縦方向の父祖への愛を説いたのに対し、「兼愛」を説いた墨子は、横へ広がる愛を説いている。墨子は、自分の親を愛するのは隣人の親たちを愛するのと同じであると考え、広がる愛（兼愛）を説いた。

ブレヒトが『メ・ティ』の中でエピソード風に書いたのは、男女が向かい合って生きる姿ではなく、同じ方向を向いて共感し、共働する姿である。これも横に広がる愛の一つと考えられる。

戯曲『マハゴニーの繁栄と没落』のなかは男女の愛は次のように語られている。

売春宿の前に行列する兵士たちを前に、売春宿のおかみが、「少しはロマンチックな言葉もかけておやり」と兵士にすすめる。その時、兵士と売春婦によって歌われるデュエットでは、男と女が向かい合う愛ではなくて、二羽の鶴のように同じ方向を向いて飛びながら、やがて離れて行ってしまうことが予感させられる。ここでは、愛がつかぬ間の情緒と心情の一致であることを悟らされる。[9]

未来に対する漠然とした悲観。ただ共に翼を合わせるようにどこともなく飛んでいく二羽の鶴の姿に寄せて、男女の恋の行く末は空虚であると歌ったブレヒトであるが、『メ・ティ』では、「妹」ライ・トゥとの愛を「生産」ととらえ、未来に希望を持つ姿勢に変わった。

『メ・ティ』では、キン・イェー（ブレヒト）と彼の恋人ライ・トゥの愛のありようが検討されているが、愛について語る前に、キン・イェー（ブレヒト）はこう語っている。

> 僕は肉体的な喜びについて、これについては話すことがたくさんあろうけれども、話すつもりはない。それにくらべて話すことがさほど多くはない惚れたはれたについても話そうと思わない。このふたつのことでこの世は満ち足りているようだが、愛はこれとは別に考察されるべきである。**愛はひとつの生産だからである。**愛は良かれ悪しかれ、愛する人と愛される人を変えていく。[10]（太字著者）

ライ・トゥはデンマーク王室劇場の女優で演出家、作家、写真家であったルート・ベルラウがモデルになっている。彼女はブレヒト一家の最終的な亡命地アメリカ合衆国までついて行った。ドイツ民主共和国へ帰国したあとも、ブレヒトとルート・ベルラウの共同作業は続いた。ルート・ベルラウを『メ・ティ』の中で、キン・イェーは「妹」と呼びかけ、いろいろなことを教えたことが語られている。ここで筆者が観察するのは、「ライ・トゥ」（ルート・ベルラウ）への「愛」をキン・イェー（ブレヒト）はどのように捉えていたか、である。

「キン・イェーの妹は、内戦についての報告を書くため、前線へ赴いた」と簡単に語られるが、一九三六年にスペインの人民戦線政府と独仏の支援を受けたフランコ派との間に起こった内戦への従軍であった。各国の民主主義者、自由主義者、コミュニストたちはスペイン人民戦線を助けるために、スペインへ行った。

キン・イェーはスペインに行かなかったけれど、ライ・トゥは従軍記者として参加した。残ったキン・イェーは、自分がスペインに行かなかったことを悔いて、ただただ彼女が無事で帰ってくることを願った。「キン・イェーは、彼の妹が彼から遠く離れて内戦に赴いた後、彼女のことを心配するあまり、常に自分を臆病者とみなした[11]」という記述がある。

そのライ・トゥとの関係をキン・イェー（ブレヒト）は、メ・ティの「二人の人間の間の関係は、そこに両者の利害がかかわる第三のことがらが介在するとうまくいく」ということばをもとに築き上げた。共働して外部のことがらに専念することによって、彼らの間のすべての問題がうまく整えられる、というミー・エン・レー（レーニン）の言葉をもとに、男女の共同作業を考えた。

二人の手が、例えば男女のそれぞれの手が、バケツを運ぶというような共通の仕事で互いに触れ合う時、そこにメ・ティは何か好ましい結果を期待した。[12]（「第三のことがら」）

「愛は生産である」ということを『コイナー氏の話』では次のようなエピソードで語っている。

女優のZは失恋したため自殺した、と言われている。コイナー氏は言った。「彼女は自分自身への愛ゆえに自殺したのです。恋人のX氏を彼女はきっと愛していなかったに違いありません。そうでなかったら自殺などしなかったでしょう。愛とはなにかを与えたいという願いであって、何かを得ようとするものではありません。愛とは相手の能力で何かを生産する技術です。そのためには人は相手の尊敬と好意を必要とします。それだったらいつでも手に入れることができます。愛されたいという過度な欲求は真の愛とはほとんど関係ありません。自己愛はいつも自殺的なものです。[13]

愛は相手の能力で何かを生産する技術であるというこの主張を受けて、メ・ティは、「愛は生産である」と言った。

キン・イェー（ブレヒト）とライ・トゥ（ルート・ベルラウ）は共同の目的を持つ同志的存在であったが、同時に男女として愛しあっていたことを書き遺すために、キン・イェーと「妹」ライ・トゥの関係が書かれたと思われる。

第四章　注

1　A.Forke: Mê Ti. S.507.「大取篇」に当たる箇所。
2　ebd: S.526
3　Bertolt Brecht: GK.Band 18, S.152
4　ebd: GK.Band 18. S.30

5　A.Forke: S.547
6　ebd: S.547f.
7　ebd: S.49
8　『荘子』天下篇第三三。金谷治訳。
9　Bertolt Brecht: GK.Band 14. S.15.
根本萠騰子：『身ぶり的言語　ブレヒトの詩学』鳥影社。S.100-102「愛についてのテルツィーネ」
10　Bertolt Brecht: GK.Band 18. S.175　一九三七年から四〇年の記述。
11　ebd: S.167 一九三七年、ルートの帰還後の記述。
12　ebd: S.173『母』（一九三三年）で、第三のことがらの讃歌で歌われる。
13　Bertolt Brecht: GK. Band 18. S.40

第五章　『メ・ティ』と弁証法的思考

一　ブレヒト、ヘーゲルの著作を読む

ブレヒトは友人の哲学者コルシュと共にフォルケ訳『墨子』を読むうちに、そのなかに弁証法的思考が説かれていることを発見した。特に論理学にあたる「経説篇」に、フォルケは「弁証法」というタイトルをつけて翻訳している。例えば「同じものと異なったものが互いに結合されていたとすれば、それは『有』と『無』のようなものである」[1]とフォルケは墨子の弁証法的思考を翻訳している。

一方、ブレヒトが『墨子』のなかに弁証法を読み取ることができたのは、ブレヒトのなかにすでに弁証法的思考と実践があって、それがもとで墨子のなかに弁証法を見つけた、と考えられる。

一九三〇年代前後にブレヒトはヘーゲルの著作を読み、弁証法を学習している。遺された蔵書の中に、ブレヒトと助手のマルガレーテ・シュテフィンによるヘーゲルの読書の痕跡がうかがえる。ブレヒトの演劇上の発明「異常化効果」とヘーゲルの論述の出会いも、版の異なるヘーゲルの著作のなかへの「僕の異化効果だ！」という書き込みで跡付けられる。

ブレヒトが読んだヘーゲルの著作は、『大論理学』『美学』『歴史哲学』『精神現象学』などである。一九三七年に亡命先のデンマークのスヴェンボリで、彼はグロックナー版『大論理学』を読んだ。序文の終わりに「一九三七年三月スヴェンボリ」という記入がある。

ヘーゲルの『大論理学』への書き込みで注目されるのは、

知られていることは、それゆえに認識されていない。[2]

の箇所に赤鉛筆で下線が引かれていることである。

同じことをヘーゲルは『精神現象学』序文でも述べている。

一般によく知られたものは、よく知られているからと言っても、認識されているわけではない。[3]

ヘーゲルの「知られている（bekannt）ゆえに認識されて（erkannt）いない」という認識は、「異化効果」を発明したブレヒトが常に持っていた考えである。ブレヒトの「異化効果」は、見慣れたものを見慣れないもの（よそよそしいもの）として認識させる演劇上の方法である。固定化した認識を何か見慣れないものに見えさせるこの方法こそ、ブレヒトがヘーゲルとの出会いで確認した「弁証法」である。

ブレヒトの小論に、「弁証法」というタイトルの文がある。

実際のところ弁証法は、ある種の固定観念を解き放ち、支配的なイデオロギーに対する実践を可能にする思考方法、あるいはむしろ知性によってのみ把握される（intelligibler）

方法の一連の帰結である。[4]

と述べ、弁証法は固定観念を破壊し、支配的なイデオロギーに対する行動を起こさせる知的方法であることを述べている。

さらにブレヒトは続けて次のように述べている。

僕は一は一に等しいと考えることもできるし、等しくないと考えることもできる。後者を考える方が有効だ、すなわち僕が特定の仕方で行動せねばならないときには有効だ、と言えばこれで十分ではなかろうか？[4]

これはヘーゲルの「ＡはＡであってＡでない」という弁証法をさらに発展させたものである。ヘーゲルの言葉を敷衍したうえで、ブレヒトは人を行動に駆り立てる「ＡはＡであってＡでない」という考察に力点を置く。

このように、ブレヒトの弁証法は単なる考察の手段であるばかりでなく、行動の指針であった。さらに彼は、「イデオロギーの破壊のために弁証法を使用すること」と述べている。彼は弁証法がイデオロギーを破壊する手段であることを認識していた。

ブレヒトは一九三三年のヒトラー政権成立後、デンマークに逃れていたが、そのデンマークも去り、スウェーデンを経由して、一九四〇年には、彼と家族、秘書はフィンランドに至り、アメリカ合衆国のビザが発行されるのを待っていた。このころ書かれたのが、大衆劇『主人のプンティラと下僕のマッティ』である。その後一九四一年にはモスクワ経由でアメリカのサンタ・モニカに移った。この作品の初演はドイツ帰国後の一九四八年のベルリン公演であった。『主人のプンティラと下僕のマッティ』には、ヘーゲルの『精神現象学』のなかで自意識を論じた章での、「主人と下僕」の弁証法が意識的に取り込まれている。

それをブレヒトの弁証法的実践という観点から詳しく見るには、本書末に付けた〈補論〉「主人と下僕の弁証法――『主人のプンティラと下僕のマッティ』を参照されたい。

二　ブレヒト、墨子の弁証法を発見する

弁証法はブレヒトにとって「考える」という動作の中で発見され、捉えられた哲学である。行動へと導く「考える」という動作で、彼独自の弁証法を探った、と言えよう。その弁証法にブレヒトは『メ・ティ』の中で「偉大な方法」（Die Grosse Methode）という名を与えている。

ここではブレヒトが『墨子』で発見した弁証法、ヘーゲルの弁証法、毛沢東の弁証法を跡付けながら、彼が「弁証法の衰退」と嘆いた第二次世界大戦前後の社会主義国ソ連とドイツ民主共和国のあり方を意識しながら、『メ・ティ』を読み進むこととする。

前もって述べておくならば、ブレヒトの作品『メ・ティ』について考察すると、ブレヒトの解答ではなく、彼の提案が見えてくる。ブレヒトの後世への提案を示したい。

「弁証法を讃える」

ブレヒトは「弁証法を讃える」（一九三九年）という詩で、ファシズムのもとに抑圧されてい

る者たちへ次のように呼びかけている。

今日では不正義が悠々とした足どりで歩いている。
抑圧者たちは一万年に応じた準備をしている。
暴力は断言する、そうだ、今あるようにいつまでも続くのだ。
支配者の声以外どんな声も聞こえてこない。
そして市場では搾取が大声で言う、今わしはやっと始めたばかりだ。
しかし抑圧された人々からは今多くの人が言っている、
私たちが望んだようには決してならない。

まだ生きている人は、「決して」などと言ってはならない！
確かなものは確かでない。
だから、今あるようにはいつまでもそのままでない。
支配している者たちが話し終わったならば
支配されている者が話すことになろう。

誰があえて「決して」などと言うか？
（中略）
自分の状況を認識した者は、止まっていてよいのか？
今日の敗者は明日の勝者になるからだ
そして「決してならない」から「今日のうちにも」となるのだ！[5]

今このようであることは、いつまでもそのままでない、抑圧者への闘いを諦めてはならないとブレヒトは呼びかける。「確かであることは確かでない」という認識を持って諦めないで抑圧者と戦え、と彼は言っている。一つの状況の対立する側面をきちんと認識して、もう駄目だなどと言ってはならないという、人を行動へと導く弁証法の偉大さを讃える詩である。ここにはヘーゲルの観念論的弁証法から、行動へと導くブレヒト独自の唯物弁証法、「介入する思考」への発展がみられる。

「介入する思考」

思考するだけでなく、考えることが行動へと導かれることとの重要性を主張して、「介入する思考」をブレヒトは主張する。一九二九年から一九四一年の間の論考で、「介入する思考（eingreifendes Denken）とは、たんに経済に介入する思考であるばかりでなく、なによりもまず、思考の内部において経済を考慮しつつ介入する思考である」[6]と述べている。

また同時期に「介入する思考。この世界の分類、整理、観察方法としての弁証法。これは世界の変革要因としての諸矛盾を記録することによって、介入を可能にする」と述べている。彼は単なる概念思考でなく、経済を意識しつつ行動を志向した思考を、「介入する思考」と呼んだ。これはブレヒト独自の唯物弁証法である。

三　『メ・ティ』のなかの弁証法

「偉大な方法」

「偉大な方法」とは、『メ・ティ』の中で「弁証法」を指す概念である。この「偉大な方法」については何箇所かに書かれているが、特にヘーゲルの弁証法を想起させる次の文に注目しよう。

ヒー・イェー（ヘーゲル）先生の「一は一にあらず、ただ単に一であるばかりでなく、必ずしも同じ一ではない」という命題は、偉大な方法の出発点である。[7]

そのあとでブレヒトは、蕾が花開こうとする衝動を例にとって、蕾がたんに固定されたものでなく蕾がまさに変化しようとする衝動にその生命があることを述べている。ここで「蕾」（つぼみ）という名であらわされたものは、花開こうとする衝動である。

考えることは、例えば蕾の概念をとらえる際にいくつかの困難なことを伴う。というのは概念を規定することによって示されたものは、激しい出発をしている最中で、考えることをやめて、蕾でなく花でありたいという衝動を示すからである。[8]

蕾とは何かと規定しようとするとき、蕾という概念は蕾でなく花になりたいという衝動となる。ブレヒトは言う、「そのように考える人にとって蕾の概念は、現在あるようでありたくない、とつとめることとの概念である」と。

蕾は蕾でありながら花になりたいという衝動を持っている。「蕾」は対立物を中に抱えながら、現在でなくて未来へ向かって志向する衝動である。この世界で何も静止していないことをブレヒトはこのように確認している。

さらにブレヒトは『メ・ティ』において「偉大な方法」と呼んでいるヘーゲルの弁証法を確認する。

ヘーゲル先生は教えた。今存在するものすべては、また存在しないことによってのみ存在する。つまり、生成するか消滅するかによって。生成の中に**存在**と**非存在**がある。同時に消滅の中にも両者がともにある。**生成**は**消滅**へと移り変わり、**消滅**は**生成**へと移り変わる。こうして様々な事物の中に休止はなく、それらを観察する者にも休止はない。[9]（太字部分テキストではイタリック）

この部分はまだ印刷を予定されていなかった部分である。なぜならば、『メ・ティ』文中のヘーゲルの名称「ヒー・イェー」が用いられないで、「ヘーゲル」の実名が用いられているからである。ヘーゲルの弁証法にかかわる「偉大な方法」の記述は一九三四年から一九四〇年頃に書かれている。

ブレヒトの言う弁証法、「偉大な方法」のポイントは、ものごとの中の対立する側面を観察すること、凝り固まった一つの概念をその中にある対立する側面を見ることで分割し、動きのあるものとすること。つまり、花に譬えると「蕾は蕾であって蕾でない」ということである。対立物（対立する側面）の闘争により「生成」するし「消滅」もする。「消滅する」だけを見るな、という言葉も『メ・ティ』の中にある。弁証法はブレヒトによれば、不動と思われる確固とした概念を破壊する方法であった。

「考える」から「行動する」へ

ブレヒトは「考える」ことを静止的に考えていない。「考える」ことのなかには必ず今のままでありたくないという衝動が含まれている。現在と非現在がモーメントになって行動へと至る。メ・ティは「考える」ことと「行動する」ことを次のように考えている。

メ・ティ曰く、考えるということは困難に続く何ものかであり、行動に先立つ何ものかである。[10]

ブレヒトはただ「考える」だけのことを否定している。それは前述したように墨子の教えでもあった。『墨子』耕柱篇、貴義篇に、言葉だけで行動に至らない態度についての墨子の言葉が書かれていて、ブレヒトはその部分に下線を引いている。

子墨子続けて曰く。行動に至らない言説は何の役に立つのか、もしあることが何の役にも立たないのに相変わらず口にしているのは空虚なおしゃべりである。[11]

貴義篇にも同じような墨子の言葉があり、行動を惹き起こさない言葉を墨子は、「訳に立たないおしゃべり」だとしている。この墨子の言説をブレヒトはそのまま引用して『メ・ティ』で「悪い習慣」という題名で取り入れている。

「歩いても到達できない場所へ行くという習慣を止めなければいけない。話すことによって決めることができないことを話すのを止めなければならない。考えることによって解決できない問題を考えるのをやめなければならない」とメ・ティは言った。[12]

そしてブレヒトは、「行動に至らないおしゃべり」を『トゥイ小説』(Tui-Roman)で描いた。「トゥイ」とは「インテリ」のもじりであるが、インテリ集団が国家の大事を前にしていかにおしゃべりの弁明に明け暮れるかを批判的に皮肉に描こうとした。モデルはアドルノ、ホルクハイマーなどのフランクフルト学派の哲学者たちで、彼らは内戦状態のヒーマ(中国に擬せられているが実はワイマル共和国と思しき国である)で戦うことになったという想定である。「トゥイ」たちの「おしゃべり」は、現実を解釈するのに熱中して、行動に至らない態度を示している。ブレヒトは『メ・ティ』の中でもおしゃべりばかりで行動に至らない態度への批判を貫いた。

マー・テが質問した。「カー・メー(マルクス)とフ・エン(エンゲルス)を哲学者とみなすことはできますか?」メ・ティは答えた。「カー・メーとフ・エンは、哲学者たちがこの世界を解釈するばかりでなく、この世界を変革することも目標に据えるべきである、と要求しました。この要求に同意するなら、彼らを哲学者とみなすことができます」

マー・テが「世界は解釈されただけでは変わらないのですか？」と訊ねると、メ・ティは答えた。「そうです。たいていの解釈は現状の是認を意味します[13]」。

解釈は現状を是認することであり、解釈することが単なるおしゃべりでないとするならば、解釈することによって、現状を変えることができなければならない。

マルクスのフォイエルバッハについての一一番目のテーゼには

哲学者たちは、世界をさまざまに解釈してきただけである。肝心なのはそれを変革することである。（マルクス『フォイエルバッハ論』一八四五年）

と述べられている。

このテーゼの碑はドイツ東西分裂のころ、東ベルリンのフンボルト大学の正面玄関の階段の正面、踊り場に置かれていた。ドイツ統一後二一世紀になって、大学に行ってみたら、撤去されていなかった。テーゼの精神は引き継がれているようである。

四　墨子の反戦論「非攻」

「人を殺せば罰されるのに、戦争で敵を殺したらなぜ罰されないのか？」

これは墨子の最初の問いである。反戦論にあたる「非攻篇」には次のような言葉が述べられている。

> 一人の人間を殺せば、これを不義と言い、必ず一人の死刑が行われる。（中略）ところが国を攻めるという大きな不義を行う場合、非難しようともせず、かえってそれを誉めて正義であるといい、それが不義であることを知らない。[14]

墨子は兼愛説からの当然の帰結として侵略戦争を否定している。そして、ブレヒトは墨子の侵略戦争反対を述べる以下の箇所に赤鉛筆で傍線を引いている。

子墨子が魯陽の文君に言った。大国が小国を攻撃するのは子供たちが馬乗り遊びをするようなものである。子供たちが馬乗り遊びをするとただ身体を疲れさせるだけである。いま大国が小国を攻めると、攻められる小国の側では農夫は被害に遭い、畑の耕作ができないし、女性たちは機織りができない。というのは防御が第一となるからである。攻める国の側も同様に農夫は耕すことができず、女性たちは機織りができない。というのは全員が攻撃にあたらなければならないからである。それゆえ大国の小国に対する侵略戦争は子供たちが馬乗り遊びをするようなものである。[15]

戦争は攻撃する側にとっても、攻撃される側によっても、国民の生活を戦時体制にし、生産が停止することになる。互いに疲弊するだけだということを子供の馬乗り遊びにたとえて言っている。疲れるだけだと。戦争は何の楽しみも生み出さないばかりか、人びとの生活を犠牲にして人びとを戦争に狩り出し、生産をストップさせる。攻撃する国も攻撃される国も疲弊する。戦争は割の合わない無駄な行為であると墨子は言っている。

「公輸論」によれば、墨子は戦争を止めさせようと、味方する小国のために敵の大国へ弟子たちとともに出かけていき、和平を説き、攻撃を止めさせている。しかし、墨子は無抵抗思想の持主ではない。自分たちを護るためには戦わなければならないと考えた。彼は兵法家でもあって、城を護るための技術である「雲梯」の発明などをしている。

五　〈補論〉主人と下僕の弁証法――『主人プンティラと下僕のマッティ』

ベルトルト・ブレヒトは種々の特異な人物を劇中人物として描き出したが、大衆劇『主人のプンティラと下僕のマッティ』("Herr Puntila und sein Knecht Matti")においては、酔うと人間的博愛的になる大酒呑みのプンティラとその下僕マッティの、滑稽な二人組を登場させている。プンティラは素面の時は、冷酷で計算高いフィンランドの大地主であるが、酔うと、人類みな兄弟というような人間の間の差別に大反対の、どこかバッカス的な自然児である。かたや、運転手として雇われているマッテイは、チェコスロヴァキアの作家ハシェクの描くところのシュヴェイク型の下僕で、「はい、かしこまりました、旦那様」と言うのを口癖とするが、悟性の優れた、決して旦那の感傷に共感しない、冷静に我と彼との区別を忘れない男である。

『主人のプンティラと下僕のマッティ』はユーモアを内容とするゆえに、研究者間では正当な評価を受けず、また上演に際しても、戦後西側では自然児プンティラを強調して演出し、ブレヒトの処女作『バール』(Baal) の延長上において解釈されがちなのに対し、東側では「過去のこととなった」主人と下僕の階級闘争に力点を置いて上演していたが、上演回数は他の作品より多かった。

一五年の亡命生活のあとで、ブレヒトが東ベルリンのシッフバウアーダムの劇場をベルリン・アンサンブルの本拠と決め、そのこけら落しに演じたのが、このプンティラ劇である。この大衆劇が詩的なものとユーモアとを持っており、演劇本来の楽しさを具現していることを、観衆も作者も知っていたのである。

しかし、この大衆劇が書かれた時点は、亡命者にとっては深刻な時であった。「一九四〇年」という詩で、ブレヒトはフィンランドへの到着を次のように表現している。

同国人から逃れて僕はとうとうフィンランドに辿りついた。
昨日はまだ知り合ってなかった友人たちがベッドを清潔な部屋にしつらえてくれた。ラジオでくず達の戦勝のニュースを聞く。好奇心にかられて僕は世界地図を見る。
はるか上方のラップランドに北極海に面してまだそこに小さなドアがあるのが見える。[16]

フィンランドの夏は、「魚の多い湖沼よ！ 美しい木のある森よ！／白樺とイチゴの香りよ！」と歌い上げるように美しく、「香りと音と形と感覚が溶け合って」いた。しかし、「亡命者は木の床に座って／困難な手仕事をまた取り上げる。希望するという仕事を。」（詩「フィンランドの風景」）と示されるように、ただひたすら「希望すること」を日課とせねばならなかった。この「希望する」姿勢の中から、「笑う」ことを内容とした大衆劇が生まれたのである。笑うことはこの場合、遠い見通しに立ってする動作である。

前口上で

皆さん、戦いは厳しいのですが、
しかし、今では光がさしてきました。
ただし、まだ笑ってない人は、危機を脱しないでしょう。
だから、私たちは滑稽な芝居を作りました。

と、述べられるように、「笑う」ことは単に言葉の遊びから生じるコミックでなく、対立するものが同時に一つのものの中にある滑稽さであって、現在への正しい認識の一過程である。同じころ書かれた『亡命者の対話』では、ユーモアをヘーゲルの弁証法と結びつけて考えさせている。

ツィフィル　ユーモアが全然ない国で暮らすのは堪え難いことです。しかし、もっと堪え難いのは、ユーモアが必要な国で暮らすことです。

カレ　母が何も食卓に出すものがなくて、バターがないときにはよくユーモアをパンの上へ塗ってくれました。パンはまずくはなかったのですが、しかし満腹しませんでした。[17]

亡命生活はユーモアが必要なところに成り立っている。つまり、ユーモアとはこの場合、ファシズムが作り出す現実の中に同時にその崩壊の兆しを見るような観察態度と無縁ではない。あることが成り立っていながら、しかし成り立っていないおかしさに気づく精神である。

ツィフィル　ユーモアのことを考えると、いつも哲学者ヘーゲルを思い出すのです。（中略）彼は、例えば秩序といったようなことを無秩序なしでは考えることができなかったというユーモアを持っていたのです。大きな秩序のそばには大きな無秩序があることを良く知っていましたし、しかもそれら二つが同じところにあるとさえ言うに至ったのですよ！（中略）

私はリューマチで動けなかったときに、『大論理学』を読んだことがありますが、これは世界文学の中で最高にユーモアのある作品です。（中略）私はヘーゲルの弁証法を理解した人で、ユーモアのない人にはあったことがありません。（中略）弁証法を学ぶのに最良の学校は亡命です。鋭敏な弁証家は亡命者でした。彼らは変革ゆえに亡命者となり、変革すること以外何も学ばないのです。（中略）彼らは矛盾に対して繊細な眼を持っているのです。弁証法万歳[17]！

亡命中に書かれた『主人のプンティラと下僕のマッティ』では、ヘーゲルの『精神現象学』の自意識を論じた章の「主人と下僕の弁証法」（Herrschaft-Knechtschaft）が意識的に取り入れられている。

ヘーゲルが自己意識の自立性と非自立性について、主人と下僕を例にとって論述したことの中で、特に下僕の自立的意識が何に媒介されて、どのように成立するかが注目される。すなわち、主人が下僕を媒介として「物」（Ding）にかかわり、下僕は主人に代わって「物」を変化させて、それを定在とすることによって、ものに形式を与え、持続性を与える。その行為によって下僕は自立した自己意識を勝ち取るが、反対に、主人は下僕に奉仕させることにより、結果として享楽を受け取る。しかし、享楽はものの非自律性にかかわっており、そのまま消え去る性質をもっているので、自己を自立したものとして対象化することができない。したがって、ヘーゲルは「自立的意識の真理は下僕的意識である」[18]と断定する。

労働する意識（下僕）は、まさにものを変化させることにより、ものに形式を与えるばかりでなく、自己自身を自立的存在として直感し、自己形成（sich bilden）する。この主人に対する下僕の優位をヘーゲルは「労働」を契機として解明した。

ヘーゲルの著作をカール・コルシュと共に読んだ少し後に、ブレヒトはディドロの小説『運命論者ジャックとその主人』を入念に読んでいる。この小説の中で、従僕ジャックの主人にたいする優位的態度は、プンティラ劇に大いに参考になったと思われる。例えば、主人にちょっとした悪戯をして咎められると、ジャックは主人に向かって次のような口をきく。

私たちがたいていは望まないのに行動しているということは明々白々じゃありませんかね？ 胸に手を当てて言ってごらんなさいよ、あなたが三〇分前におっしゃって、なさったことのうちで、ごく些細なことでも、あなたの欲したことがあったかどうかを。あなたは私の繰り人形じゃなかったんですかね[19]？

この論文では上記で見たような主人と下僕の間の弁証法が、大衆劇『主人のプンティラと下僕のマッティ』で、どのように演劇的に表現されるか、弁証法が文学に意識的に取り入れられて、ユーモアと関連しながら展開されるとき、哲学とは異なったどんな個性を持つか、について検討する。

大衆劇『主人のプンティラと下僕のマッティ』

この劇の原題名は『雨はいつも上から下へ降る』であった。ブレヒトは、雨が上から下へ降るように、決して変わらない真理は階級闘争の真理であると主張する。「階級闘争の歌」では「雨は上から下へ降る」ということが、連ごとに繰り返されるが、最後の四行は以下の通りである。

我々二人を　いつか　結びつけるような　言葉は見つからない
雨は上から下へ降る　そして　お前は　俺の階級の敵だ。

また、ブレヒトの『作業日誌』でも、『プンティラとマッティ』劇について触れた最初の記述で、「主人（herr）と下僕（knecht）の対立をシーンとして形象化すること」という表現を用いているように、主人と下僕の階級的対立は初めから措定されている。

しかし、この階級対立は、いわゆる農民を搾取する冷酷な地主とそれに反逆する農民という図式的な周知の対立として提示されているのではない。主人のプンティラは素面の時は普通の地主であるが、酒に酔うと地主としての存在を呪う一個の博愛主義者である。しかも、プンティラはフィンランドの自然の中でもっとも自然児らしく魅力いっぱいに酔っぱらっている。「注意書き」の中でブレヒトが、「どの人物も本来の魅力をいささかも損なわないように演ずるべきである」と要求しているが、そのように舞台の上でのプンティラは「星空の下での立小便」の好きな、天衣無縫の姿をとっている。

プンティラの酩酊は正気であり、正気は発作であることがまず示される。彼はアクアヴィート（北欧のブランディ）を三日間飲み続け、相手の判事はすでにダウンしてテーブルの下に転げている。そこへ、車の中で二晩待たされていた運転手のマッティがやってくると、彼に向ってプンティラは自分の病気を打ちあける。

プンティラ　見ただけじゃ分からないだろうが（そういって陰気にマッティを見つめながら）、俺は発作を起こすのだ

マッティ　そんなことおっしゃってはいけませんよ。

プンティラ　君、笑い事じゃないんだ。少なくとも三ヵ月に一回は襲われるんだからね。俺は目が覚めて、突然へべれけに冷静になっている。どう思うかね？

マッティ　この冷静の発作というやつには、周期的に見舞われるのですか？

プンティラ　そうだ、周期的にだ。つまり、普段俺は、今君も見るとおり、まったく正常なのだ。自分の精神力をちゃんと持っている。自分の感覚を思うように働かせるのだ。その時、発作が来る。はじめは眼がなんとなくちぐはぐで、この二本のフォークの代わりに

――（彼はフォークを一本振り上げる）――一本しか見えないんだ。

マッティ（驚いて）それでは、あなたは半分盲目なのですか？

プンティラ　俺は全世界の半分しか見えない。なお悪いことには、この全身麻痺の冷静の発作の間中、俺が獣になってしまうことだ。もうそうなると、何の制約もなくなってしまう。（中略）その時はそのまま責任能力がついてしまうのだ。責任能力とはどんな意味かおまえにはわかっているだろう。責任能力のある人というのは、人が信頼を寄せることのできる人のことだ。[20]

プンティラ旦那は、酩酊しているとき、人間らしいまともな生活であり、醒めたときは冷静さの発作をおこしている病的な状態である。冷静な時のプンティラが地主としての生活を支えており、酔うと人間本来の姿に返って、労働者や召使と自分との区別をなくして、種々の「人間的な」約束をするが、醒めるとすべて反古として手のひらを返したように冷酷になるという二重人格の持主である。ブレヒトの『ゼツアンの善人』（Der gute Mensch von Sezuan）の主人公が変装して善悪の二役を演じていることと同義であるが、ここでは善悪の対立でなく、主人と下僕の対立が外にあって、それとの関係でプンティラの二重人格の意味が問われている。

下僕のマッティは、プンティラとは対照的に、悟性の発達した男である。彼は二重人格の主人にたいして、冷静に賢明に対処しなければならない。だから、発作の打ち明け話のあとで、プンティラが「我々の間にはもうどんな溝もないと俺は確信する。溝はないと言え！」と迫ると、マッティは「命令だと思って申し上げます、プンティラの旦那様。私たちの間に溝はございません！」と言って、二人の間に「命令」という仲介物を置いて同意する。

主人のプンティラが酔って「人間的に」なってしまうことが、下僕のマッティにとって、用心して避けるべきことである。すなわち、「人間的に」なった主人は、下僕を自分と対等に扱い、例えば、「俺の財布を預かっていてくれ給え。酔うとなくしてしまうから」とマッティに財布を預けるが、酒から覚めると、マッティが自分の財布を身に着けているのを見つけて、マッティを泥棒扱いするというありさまなので、マッティはいつも素面に返った主人に対して身を護る用心をしていなければならない。

季節農業労働者市の場では、プンティラの「人間性」がどのように機能するかが示される。このシーンは亡命先のフィンランドの女流作家ヴォリヨッキの原作にはなく、マルレベック滞在中にブレヒトが近郊で見た労働者市が形象化されている。

プンティラは娘を外交官補に嫁入らすための持参金用に森を一つ売らなければならない。しかし、彼は自然の中でしか生きられない男だから、森を売ることには堪えられない。この本音が酒に酔うと出てくるので、酩酊した彼は、その森の中で働かせる農業労働者を雇うつもりで市にでかけた。しかしプンティラは、労働者を市に買いに行ったのであるが、酔って「人間的に」なっているため、人間が売買される市場が堪えられない。

プンティラ 俺はこの労働者市というやつに堪えられない。馬とか牛とかを買うのなら市場へ行くし、その時は何も考えない。しかし、お前たちは人間なのだから、市場で売買されるようなことがあってはならない。俺の言うのはもっともだろう?

みすぼらしい労働者 もちろんですとも。

マッティ 失礼ながら、プンティラの旦那様、あなたのおっしゃるのは正しくないですよ。労働者は仕事が必要だし、あなたは仕事を持っておられる。そこで取引が行われるのです。そこが市場であろうと教会であろうと、いつだって市場があるのですよ。それに、どうか速やかに決めてくださいよ。

労働者として雇われているマッティは、主人とは反対に、冷静に人間の労働の売買を妥当なものとして洞察している。すっかり感傷的になったプンティラは、労働者を人間的に扱うべきだと思い始めたので、売買の取引に参加するのを避けようとする。マッティは、雇うと口約束をした労働者に手金を支払って契約を成立させるようにプンティラに迫るが、プンティラは労働者にコーヒーをおごってやっても、契約書にサインはしない。人間と人間の心のふれあいを信じて、商取引のやり方で労働者を「買う」のはしたくない、という大変ご立派な態度である。しかし、市はもう終わりに近づいており、もし契約してもらえなければ、労働者は次の市まであぶれてしまうことを心配して、マッティが催促すると、プンティラは「俺は冷血に人間を買うなんてことはできない。しかし、俺はプンティラ農場に安住の地を与えてやるんだ」と言う。これを聞いて判断力のある労働者たちは立ち去ってしまう。彼の人間的な言葉を信じてプンティラ農場まで付いてきた労働者たちは、陶酔から覚めて、森を売る決心を新たにしたプンティラに冷たく追い払われ、仕事なしに一年間を棒に振ることになってしまう。

この場面はこのように、プンティラの酩酊した時の「人間的な」言動が、まさに人間的であることによって、それを信じた労働者を打ちのめすのである。ここには反ファシズム運動の中で、「人間性」の要求をスローガンとしてファシズムと対決しようと主張したかなり多くの良心的作家たちにたいして、「人間性」という言葉が対立をあいまいにするというブレヒトの反論を見て取ることができる。

主人と下僕の境界を取り去ってしまうことにより、打撃を受けるのは下僕の方であるのに対して、主人は感傷的な独りよがりを下僕相手に押しつけがましくしゃべって楽しむ。プンティラのやっていることは、したがって、惑わしであり、享楽である。しかし、酔ったプンティラの側からは、醒めたときの地主のプンティラが見えるので、時々彼は自分が悪を行うのにどんな緊張が必要か、自分はいかに地主の役を強いられているかを嘆く。プンティラをこの角度だけから見て、地主としての運命を背負わされた可哀そうな人間という同情の念をもった解釈をすると、主人と下僕のあいだにある搾取の関係が不明瞭になってしまう。我々は悲しんでいる人を見ればまず同情するが、もしかしたらその人は、実入りの少なさを嘆いている泥棒かも知れない、とブレヒトは別の場所で語っている。

滑稽な劇中劇の効能

下僕のマッティはあくまでも主従の関係を区別を持って考察する。この悟性の力が、下僕の生き延びるための保障である。しかし、プンティラの酩酊があまりにも自然で魅力的なので、マッティは時には二人の間の境界を越えて、プンティラと同化してしまいそうな危険を感じるのである。彼はこの状態を避けるため、人間関係が言葉では変えることができないことを、目に見えるように示さなければならない。その試みが、劇中に挿入されたシュベイク風のエピソードや、劇中劇などである。劇中劇はブレヒトによって、舞台を異化する方法として用いられてきたが、このプンティラ劇のなかでは異化効果のためばかりでなく、下僕のマッティに主導権を持たして演じさせることにより、この芝居の内容である下僕の主人に対する優位性が、形式としても成り立つように考慮されている。

劇中劇は動作をもって演じられることもあるし、語りが中心の場合もある。例えば、季節労働者市場での出来事を、プンティラはマッティに召使たちの前で語らせる。また、持参金目当ての気障な婚約者を追い払おうと、プンティラの娘エーファはサウナ小屋の中でマッティと恋人同士のような大芝居を打つ。

サウナ風呂の小屋の中は観客席からは見えて、外にいるプンティラと婚約者の外交官補からは見えないようになっている。二人はマッティがエーファの入ったサウナ小屋に入った後ろ姿を見て、外で耳をそばだてる。するとエーファの「駄目よ！　駄目よ！」という声が聞こえてくる。マッティは小声で、「もっと抵抗している感じを出してくださいよ」と注文をつける。すると、エーファが「いやよ！　いやよ！　いやよ！（小声で）あと何といえばいいの？」と指示を仰ぐ。「そうしてはいけない、と言いなさい。もっとその身になって考えてください！色っぽくやってくださいよ！」という要求を聞いてエーファが「そんなことさせないわ！」と叫ぶ。すると外でプンティラがたまりかねて「エーファ！」と怒鳴る。「さ、もっと！　狂わしい情熱の感じを出して、もっと！」とマッティは指示する。髪を乱し、ブラウスのボタンをはずしたエーファが小屋の外へ飛び出すと、待ち構えていた父親は、いったい何をしていたのか、と問い詰める。そこへマッティが出てきて、トランプを見せ、「お嬢さんとトランプをやっていたのです」としらばくれる。婚約者はすぐにその言い訳を信じたがり、父親と共に立ち去る。スキャンダル作りに失敗した二人は、「あの人の借金は我々が思っていたよりずっと多いに違いない」とがっくりする。

この芝居はマッティの演出で演じられ、マッティ自身ちゃんとトランプを用意して自分の逃げ道を作っている。

このような滑稽な場面も、ブレヒトは、道化芝居のようでなく、「芸術味ある素朴さ」で演じることを要求する。「出来事そのものの美しさが、美の程度の大小にかかわらず、舞台装置に、動作に、言葉の表現に力を発揮しなければならない。」その結果、イタリアの古いコメディ・デッラルテの要素と写実的な大衆劇の要素を備えた様式で上演するように、と述べている。現代人を、「感覚に訴えるようなやり方で、朗らかに楽しませるのが、演劇の使命である」とブレヒトは強調するが、プンティラ劇はまさにそのような要素を持っている。劇中劇はしたがって全体との関連のなかで機能するばかりでなく、その場面が独立した楽しさを提供する。

劇中劇はマッティを中心にまだいくつか演じられる。プンティラが四人の早起き娘たちと婚約したので、この四人が彼を訪ねてきたときの、マッティの模擬裁判の練習。プンティラに追い返された四人が、マメのできた足を引きずって帰る途中、四人がそれぞれ語る四つのエピソード。これらは観客に向かって語られる。エーファの婚約者を追い払う時の笑い話と、それに続くマッティの彼女に対する運転手の女房としての適性テスト劇。赤いズルッカラの歌う伯爵夫人と森番の歌。断酒を宣言したプンティラが、また大酒を飲んで酔っ払い、マッティに命じて、家具でハテルマ山を造らせ、二人で山に登り、故郷タヴァストラントの美しさを謳歌する場面などである。

マッティはプンティラに娘と結婚するよう言われたとき、この結婚が成り立たないことを示すために、エーファに運転手の妻の役を演じさせてテストする。エーファの演じる運転手の妻は、疲れて帰った亭主の無言の要求が分からず、ただ片時もしゃべることを止めない。エーファはいくつかのテストで不合格になるが、一つだけよくできた答えがあったので、マッティはエーファの尻を叩く。エーファはそれを侮蔑されたとして怒り出す。
「お嬢さんのお尻を叩いたのをお許しください、プンティラの旦那様。あれはテストの一部でなくて、元気づけようとしてやったのでしたが、ご覧の通り私たちの間の隔たりを表してしまいました」とマッティはプンティラにあやまる。これは、ひとつの動作に対するまったく異なった受け取り方を示し、二人が結婚できないことの明白な事例となる。

アルコールから覚めたプンティラは、酒を飲んだために種々の失敗をしたことを悔しく思い、ついに酒を断つ決心をする。劇中劇を含む第一一場は『プンティラとマッテイ』劇の中心的場面である。

　プンティラは家中のアルコールを処分すると称して、酒瓶を集めさせる。素面のプンティラはマッティの経歴が胡散臭いと嫌がらせを言い始める。そして、いつの間にか、マッティが差し出すグラスに、上の空で酒を注いで飲み始める。この場面ではマッティは命じられないのにグラスを差し出し、受け取るプンティラは機械的にマッティの動作に従わされている。プンティラが飲み始めたのに気づいて女中たちが注意すると、プンティラは、何の酒の一杯や二杯、酒屋が嘘ついてないかどうか味見するだけだと口実をつくる。はじめは「お前は俺に放蕩生活をさせて、俺を利用できると思ったのだろう」とマッティに悪口を言っているが、瓶を二本空けるうちには、「俺はいったい何という暮らしをしているんだろう。終日皆をこき使い、牝牛の餌代を計算する以外は何もしないとは！」と懐疑する真人間に変化してしまう。しかしプンティラは「赤」だといわれるズルッカラを解雇するのはやめない。

　やがてプンティラはマッティに向かって、「お前は俺の友達で、俺の細く険しい道の案内人だ」と言いながら、お前がどんな素晴らしい国にいるかを、ハテルマ山に登って見せてやろうかと言う。プンティラは「まず山を造れ」と命じる。マッティは図書室の中で時間外労働をする。貴重な縦型大時計を足で踏みつぶし、大きな銃器戸棚を破壊して、その残骸と椅子とを大きなビリヤード台の上に積み重ねて、「激怒しながら」マッティはハテルマ山を造る。

支配と被支配の関係

プンティラとマッティのハテルマ山登山のシーンで観察されるのは、支配していると思いながら、実は支配されている滑稽さである。

二人はガラクタで作った山を登り始める。

プンティラ　首の骨を折るかもしれないぞ。

マッティ（プンティラを支える）もし私が支えなければ、あなたは平地だって骨を折るでしょうよ。

プンティラ　だからお前を一緒に連れてきたのだ、マッティ。

下僕が作った山を、下僕に支えられて登り、プンティラは頂上の素晴らしい眺望を楽しむ。

プンティラ　ああ、素晴らしきタヴァストラントよ。お前の美しさ全部が見えるように、もう一飲みしたい！

マッティ　ちょっとお待ちを。山を下りて赤ワインをとってまいります。（彼は山を下って、また登ってくる）

素晴らしいファンタジーを得るためには、酒の助けがいる。それを調達するのは、下僕の役目である。山頂からプンティラは、美しい故郷の眺望を生き生きと描き出す。一〇キロ先の木材の切り口の匂いや、白樺の葉や雨後のイチゴの香りにいたるまで、プンティラは嗅ぎ分ける。

プンティラ　おお、タヴァストラントよ、祝福された国よ。空と湖と国民と森よ。（マッティに向かって）これを見ると心が晴れ晴れすると言え！

マッティ　あなたの（傍線引用者）森を見ると、心が晴れ晴れとします、プンティラの旦那様。

マッティが主人の感激に決して同感していないことが、この「あなたの」という言葉で示される。彼には、祖国とか国土とかの漠然とした言葉でなく、現実的な、区別を示すカテゴリーが不可欠である。眼下に見えるのは祖国でなく、プンティラの領地であるから、マッティは「あなたの森」というように所有名詞をつけて答え、主人の感激に巻き込まれることを避けた。

この山登りの後で、プンティラはマッティに、財産の半分を譲る約束をするに至ったので、マッティはプンティラ農場を去ることを決心する。プンティラの素面の発作が起きると、もう生命の危険さえ生じかねないことをマッティは予感したからである。

良い主人を、下僕たちはすぐに見つけるだろう　まず彼らが自分自身の主人になりさえすれば。

とマッティは語る。ここでは、未来において下僕たちが革命を起こして誰かの主人になることをいっているのではなく、下僕が自分自身の主人になること、すなわち自立的意識をもつことを言っているのである。

この大衆劇のチューリヒ初演（一九四八年）の折の「注意書き」でブレヒトは、プンティラとマッティの基本的特徴を次のようにのべている。

大切なのはプンティラとマッティの間の階級対立を表現することである。マッティの役には正しいバランスが成り立っていなければならない。すなわち精神的優位はマッティにある。プンティラを演ずる者は、酩酊の場面ではヴァイタリティや魅力で観客を感激させて、彼らからプンティラを批判する自由を失わせないように気をつけなければならない。

従って、ハテルマ山の場面で自然美に陶酔したプンティラの言葉は、感情移入をもって完璧に演じられてはならず、「あなたの森」と答えるマッティの冷静な返事が生かされるような空間が残されるべきであるとブレヒトは考えた。

問題は主人プンティラと下僕マッテイの対立関係がどのように表現されているかである。演技上の動作では、マッティがいつも主人に対し精神的優位にあるよう要求されている。作品中では、マッティの主人に対する優位は以下のように観察される。

酔った主人プンティラのファンタジーは、まず第一に下僕マッティという聞き役がいることにより完全になる。「かしこまりました。プンティラの旦那様」と答えてもらうことにより、主人は是認されている。しかもこの言葉は、「ご無理ごもっとも」という言葉と同じように、それ以上主人の感激に介入するのを拒否する言葉でもある。

第二に、プンティラの楽しみはすべてマッティの労働によってもたらされたものである。この劇の中では、それが多数の劇中劇という形式で、マッティの演出と演技を中心に据えて表現している。マッティの劇中の労働は、家具を壊して山を造る作業でも、主人に代わってなされる主人への奉仕の仕事である。マッティは家具を変形して、家具というありようを否定して、「山」にする。この解体と作成という労働を通じて、下僕は純粋に自分だけによって対象化されたものを見ることになる。ヘーゲルによれば、このようにして「下僕は労働することにより、自己の自立的存在を直観するようになる」

マッティとは対照的に、プンティラ旦那のほうは、なるほどマッティに指示を与えて「物」の変形を命じはしたが、結果的には出来上がった形成物を享楽するだけである。ハテルマ山頂からの素晴らしい眺望から生じた彼の感激は、マッティの労働によって出来上がっているのであって、この楽しみはマッティに依存している。しかも、この楽しみは物の変形と作成という形で、「物」に存続する形式を与えた下僕の労働と異なり、すぐに消え去るという特徴を持っている。一方、マッティの下僕としての自立的存在の認識は、労働により「物」に形式を与え、「物」を存続させることにより「歴史」を作る。この存続する「物」の歴史を冷静に洞察する力において、下僕のマッティは主人のプンティラの優位に立っているといえる。

これはヘーゲルが『精神現象学』の中の自己意識の章で、「主人と下僕」の例で述べていることに対応する。プンティラ劇のなかの下僕による労働は「劇中劇を演ずる」ことである。ヘーゲルが下僕の自立的意識を成立させる契機の一つとした労働は、この文学作品では「演技」として示される。この場合、ガラクタで作られた山は酔狂の結果に過ぎないとして、否定的意味しかないと見るのではなく、観客にユーモアと思考の契機を与えた、素晴らしい作品である。

〈初出〉根本萠騰子「主人と下僕の弁証法──ブレヒト『主人のプンティラと下僕のマッティ』試論」横浜国立大学人文紀要。第三〇輯。四三頁─五四頁。本書末にドイツ語要約を掲載する。

第五章　注

1　A.Forke: S.421
2　Hegel, G.W.F.: Wissenschaft der Logik. In: Sämtliche Werke. hrg. H.Glockner.Stuttgart 1928, S.23
3　樫山欽四郎訳『精神現象学』四七頁
4　Bertolt Brecht: GK. Band 21. S.519
5　ebd: GK.Band 11. S.237f.
6　ebd: GK. Band 21. S.524f., S.789
7　ebd: GK. Band 18. S.98, 102, 529f.
8　ebd: GK. Band 18. S.102f.
9　ebd: GK. Band 18. S.145
10　ebd: GK. Band 18. S.62
11　A.Forke: S.549「耕柱篇」に当たる。
12　Bertolt Brecht: GK. Band 18. S.130
13　ebd: Band 18. S.115
14　薮内清訳「非攻篇上」三八四頁

15 A.Forke: S.543-544

16 Bertolt Brecht: GK. Band 12. S.98

17 ebd: GK. Band 18. S.262

18 Hegel, G.W.F.: Phänomenologie des Geistes.Werke 3.Frankfurt am Main.1970.S.152

19 ディドロ『ジャックとその主人』In: Anmerkungen zum Stück und unserer Aufführung. Berliner Ensemble. 1975

20 Bertolt Brecht: GK. Band 6. S.289

第六章　遺された問題

一　社会主義国ソ連の変質

『メ・ティ』には、多くの人びとが、マルクス、エンゲルス、レーニンの主張に基づいて建国された社会主義国ズー国（ソ連）を、「大秩序」（偉大な秩序、とも理解される）の国と考えた、と述べられている。しかし同時に、「大秩序」を実現する際の困難さも、次のように語られている。

今我々が所有しているのは無秩序であるが、我々が計画しているのは秩序である。ところで、新しいものは古いものから生じるのであって、それは古いものの次の段階である。新しいものは古いものを変革し、継承し発展させることで生じる。[1]

しかし、古いものと新しいもの間の闘争が起こり、新しいものは簡単には導入されない、両者の間の暴力行為は避けられない（「大秩序を実現すること」）、と語られる。メ・ティは古いものと新しいものとの闘争のなかで「大秩序」が実現されるという観点に立っており、彼は地上ではじめての社会主義国の成立を祝った。

しかし、「大秩序」の国ズー（ソ連）の変化を見ると、メ・ティが理想とした、個人の利益と集団の利益が一致した状態が、予想されたようには達成されなかったことが分かる。その原因は、ズー国の国家のありようで述べられている。ここには、メ・ティが初めはズー国を強く支持していたが、徐々に懐疑的になっていくことが示されている。

メ・ティは最初、この国の新しい試みである社会主義を支持し、ミー・エン・レー（レーニン）の組織による新しい労働者の国を弁護している。ブレヒトが生前に出版を予定していた部分は、少なくともこの点では主張に矛盾はない。

ニー・エンが（あるいはズー国が）ある程度の強制を行うことを、ブレヒトは、国家が生産する集団として機能するかぎりにおいて必要であると是認していた。集団は生産活動の際の有効な形態であるとブレヒトは考えた。飢餓が地上を支配していた時代に、あらゆる道徳的要請を否定したメ・ティは、「汝、生産すべし」という要請だけを以下のように強く主張した。

メ・ティは言った。生産的な態度だけを私は道徳的な態度だと考える。生産の諸関係があらゆる道徳、非道徳の源泉である。[2]（「倫理学断罪」）

ズー国では、生産するためには、生産に携わる人々を集団化する必要があった。メ・ティは、ズー国（ソ連）が成立したころからしばらく、国家の生産のための強制は不可避なこととして肯定している。

しかし、一九三七年あたりから、メ・ティのニー・エン（スターリン）への批判が語られるようになった。コー（哲学者カール・コルシュ）は、「ミー・エン・レー（レーニン）は偉大な秩序の建設のために強力な国家装置を作ったが、それは近い将来どうしても偉大な秩序の障害にならざるをえない。」と懸念した。「秩序建設の装置が秩序の障害となる」というのがコーの心配であった。「実際、この装置はいつもまずく機能して、どんどん腐敗し、悪臭をはなっていた」と述べられている。キン・イェ（ブレヒト）が、それはニー・エンの誤りと言えるだろうか、と尋ねると、メ・ティは「ニー・エンが計画の組織化を経済的なものにして、政治的なものにしなかったのは、誤りだった」（「ニー・エンの独裁」）と答えた。メ・ティは「偉大な方法（弁証法）」の没落を悲しんだと語られている。

「国家装置」という言葉に見られるとおり、国家はブレヒトにおいては、生産のために不可避な装置と捉えられている。したがって、この国家装置が本来の目的、すなわち、十分に生産をあげ、人々を豊かにしたかどうかが問われることになる。

トー・ツィ（トロツキー）の考えを紹介しながら、作者は次のように語っている。

ズーの中で、目標が達成され得るかどうかは疑わしい。生産が他国の援助なしに増大して、階級差が消滅し、それによって国家が不要になりえるか、が大問題であった。[3]

（「トー・ツィの理論」）

現状は「協会（共産党）の政権奪取から二〇年たっても、牢獄は相変わらず囚人で溢れ、協会の会員を巻き込んだ死刑や裁判が相次いでいた。ブルジョア国家との大戦争が迫っていた」という、第二次世界大戦直前のズー国（ソ連）の状況であった。このような見解は、ベンヤミンのブレヒトとの対話メモにも記録されているが、ブレヒトの『メ・ティ』における発言の方がソ連をより激しく批判している。

一方、同じころ書かれた「国家について」という論文で、ブレヒトはソ連を「無秩序」と呼び、国家を家の建築に譬えて、「家は建ったが建築士は出ていこうとしなかった」と国家が消滅しないことを怒っている。しかし、「国家がなければ、国土も工場も万人のものにならないこともありえる。もしそうなら、我々はこの危険を引き受けざるをえまい」と述べて、ブレヒトは「生産」という条件付きで国家を肯定している。『メ・ティ』においても、生産を挙げなければ国家の存在意義はないと主張している。ブレヒトにとって国家は本来十分な生産を挙げた後で、必然的に消滅すべき存在であった。

しかし、一九四一年にブレヒトはソ連に対する自分の認識の誤りを述べている。それはここで問題にしている「生産」をどう理解するかと関係がある。「生産」はたんに商品や農作物の生産だけでなく、「解放」も含めた広い意味を持っていることを彼は述べている。『作業日誌』の中で、社会主義を「偉大な秩序」と定義したのは誤りで、「大生産」と言えばもっと実際的であったとした後で、「生産を広義に理解しなければならない。闘争は人間のあらゆるものからの生産性の解放である。生産物は、パン、ランプ、帽子、楽曲、チェスの手、潅水、顔色、性格、遊びなどである」と述べている。すなわち人間が創り出すすべてのものが当てはまる。

人間の生産性の解放は、人間の想像力が十分に発揮されることを保証されなければできないことになる。強制の手段であった国家はその意味で必然的に消滅しなければならない。「良い闘争」が国家や政府のなかにあってはじめて、国家は将来発展的に自己解消が保証されることになる。このようにして、弁証法の再興が『メ・ティ』の課題となった。したがって、弁証法が衰退したソ連の現状を見て、ブレヒトは『メ・ティ』の発表をためらったと考えられる。

指導者ミー・エン・レー（レーニン）の死後、スターリン（ニー・エン）とトー（トロッキー）の後継者争いが起こった。

メ・ティは最初、社会主義国の成立を祝った。ミー・エン・レー（レーニン）の後継者ニー・エン（スターリン）はメ・ティによって「役に立つ人」と呼ばれた。メ・ティはニー・エンが「大生産」をしていると評価して、ニー・エンに賛成の態度をとっている。

「ニー・エンに賛成」という文では、秩序の建設をしているとも言ってニー・エン（スターリン）のしていることを肯定している。

しかしその後、一九三六年になると、ズー国でモスクワ裁判が行われ、党幹部の大粛清が行われた。それは一九三六年から三八年三月ころまで続いた。

一九三七年ころ書かれた「ニー・エンのもとでの建設と衰退」では、ズー国（ソ連）の建設と衰退が述べられている。なるほど搾取のない工業、農業の集団化が行われたが、ズー国の一国支配の権力が確立し、他国の「協会」（共産党）を配下とした体制が出来上がった、とメ・ティは指摘している。

「誤りがおかされ、それを批判した人びとが処刑され、誤りを犯した人びとは組織にとどまった」とメ・ティは言う。約六八万人の粛清の犠牲者のなかに、ブレヒトの友人、知人も入っていた。

こうした状況に直面して最良の人びとは絶望した、と述べられている。メ・ティは「大方法（弁証法）」の衰退を嘆いた。コー先生（哲学者コルシュ）はそれに背を向けた。ズー国ではあらゆる英知は建設に振り向けられ、政治から放逐された。

「大秩序」の国は「大無秩序」の国となってしまった。メ・ティは弁証法の衰退を嘆き、「労働者と農民の国家であるズー（ソ連）もまた、創設ののち一五年にしてトゥイたちの影響を受けるようになった」と述べている。

「トゥイ」とはブレヒトが長い間追求し、批判している知識人階層（インテリ）のことで、ここではズー国に出来上がった官僚主義のことを指していると思われる。これ以後のブレヒトの関心は、出来上がった国家権力にどう対処するか、ということに向いていく。権力がなければ「大秩序」のもとでの生産ができない。しかし権力が経済だけを考えて政治を怠ったらどうなるのか、が問題であるとメ・ティは言う。

二　国家権力の問題

ズー国（ソ連）で見る限り、国家権力がなければ生産はできない。しかし権力は同時に害をなすとブレヒトは考えた。国家権力のもつ対立する側面を前に、ブレヒトは国家権力が出来上がらないことを願った。彼は国家が完全に出来上がらないうちに、それを持ち主に渡すべきであると主張している。

彼は、家は出来たが大工は去らない、という権力が居座った状況を詩に書いている。未完の戯曲『ファッツアー』のメモの中でブレヒトは、権力を奪取した後、その権力を人民に渡さない連中を批判した。国家が完全に出来上がっていなくても、国家を人々に寄こせ、という詩である（ブレヒト三〇巻全集、一〇巻の一、五一二頁以下）。

テーブルは出来上がった、指物師よ。
それを持ち去るのを許せ。

もうあちこちカンナをかけるのをやめよ。
塗装するのをやめろ
それがいいの、悪いのというのをやめろ。
いまのままで、テーブルをもらう。
それを寄こせ。

もう十分だ、政治家よ
国家は出来上がっていない。
それをわれわれの生活に合わせて
変えるのを許せ。
われわれが政治家になるのを許せ。
君の法律に君の名前が載っている。
その名前を忘れろ
君の法律を尊重しろよ、立法者よ。
秩序に耐えよ、整理係よ。

国家はもう君を必要としない
国家をこちらへ寄こせ。

ひとたび出来上がった権力機構を、害をなさないように撤去するのにはどうすればよいのか？　国家権力を一時的に必要なものとブレヒトは考えていて、それをどうすれば消すことができるか、に知恵を絞り「権力」が悪用されないように、「権力」自らが消えていく、まるで雪で出来たベンチが春になると消えてなくなると同じような権力をブレヒトは考えた。『コイナー氏の話』の中に「組織について」という次のような考察とたとえ話がある。ここでブレヒトは、虚偽の全体としての組織＝国家の成立とその国家権力をどう消し去るべきかについて示唆している。

「多くの間違いは」とコイナー氏は言った。「人が話し手を全然遮らないか、ほとんど遮らないことで生じる。そのようにして容易に虚偽の全体が出来上がる。それは全体であるので誰も疑うことができないし、また個々の部分も一致しているように見える。しかし個々の部分は全体にのみ一致しているのだ[4]」

この文には前段がある。

　多くの不都合なことは、人が有害な習慣を廃棄した後で、まだ残っている欲求に対して、そのあとに存続するような代用品を提供することで、生じたり持続することで起こる。享受することはそれ自体欲求を生み出す。譬えて言うならば、弱いからずっと座っていたいという欲求を持つような人には、雪で出来たベンチを勧めるべきでしょう。そうすれば春になって若者たちが強くなり、老人たちが死んでしまうと、雪のベンチは何ら処置を加えることなしに消えてしまうからである。[5]

いつまでも存続しない「権力」をブレヒトは考えて、それを「雪で出来たベンチ」に譬えた。雪で出来たベンチは、何ら処置を加えることなく、つまり暴力に訴えることなく春になれば消えてしまう。

　権力は居座ってはいけない、というのがブレヒトの主張である。例えば、彼の演劇作品『コーカサスの白墨の輪』に登場する裁判官アツダクも、ある期間権力を駆使するといずこへともなく姿を消してしまう。

このように、ブレヒトの発想からすると、国家権力の問題は弁証法的に考察され、実行に移されなければならないことになる。弁証法家たちは、事物の考察に対立物の闘争を観察している。ヘーゲルから始まってマルクス、レーニンと受け継がれてきた弁証法はどのような可能性を持つだろうか。弁証法的行動が衰微したことを嘆いたメ・ティは、どのような提案をしたかのであろうか。

三　「弁証法的存在としての政府」

ブレヒトは『メ・ティ』の中で、「弁証法的存在としての政府」と題して次のような主張をしている（文中の「ケン・イェー」はブレヒトの作中の名前である）。

ケン・イェーは言った――われわれが、永続しない強力な国家、つまりその機能が失われていくにしたがって消滅する国家、その成果にもとづいて片づけられてしまうような国家を建設するつもりなら、**弁証法的存在としての政府**を作らなければならない。つまり、優れた**葛藤を作り出さなければならない**のである。[6]（太字筆者）

この文に続けて、あるべき民主主義的中央集権制について具体的に述べているが、それはレーニンの「ソヴィエト国家における民主主義的中央集権制」と「国家の消滅」から取られた意見であるとの指摘がある。

ブレヒトは将来へ向かっての努力目標として、「国家権力の弁証法的消滅」を目指す態度をとっている。また同じようなことを、『メ・ティ』のなかで、哲学者コー（カール・コルシュ）に語らせている。ミー・エン・レー（レーニン）のしたことを、コーは次のように語る。

ミー・エン・レーは大秩序の建設のために強力な国家装置を作り出したが、それは近い将来どうしても大秩序の障害になるにちがいなかった。**秩序を建設するものが秩序の障害となる**ということがコーの心配であった。[7]（「ズーの秩序建設に関する哲学者コーの考え」）（太字ブレヒト）

この部分は一九四〇年に書かれているが、このころ、ブレヒトとコルシュはブレヒトの亡命先のデンマークで、フォルケ訳の『墨子（モー・ディ）』を熱心に読んでいた。ブレヒトの国家権力に関する弁証法的考察に刺激を与えた思想に、毛沢東の弁証法がある。ブレヒトは亡命後の一九五〇年代に毛沢東の『矛盾論』を読んでいる。一九五二年に独訳刊行された『矛盾について』（Über den Widerspruch）を友人のヤーコプ・ヴァルヒヤーから借りて読んだものが遺品のなかにある。この翻訳本には、ヴァルヒヤーも下線、傍線をつりているが、ブレヒトはピンクのペン、ヴァルヒヤーは赤鉛筆を用いているので、二者は区別される。

第四章の「主要な矛盾と矛盾の主要な側面」の次の箇所にはピンク色のペンで下線が引かれ、右欄外に感嘆符（!）が書き込まれている。この部分はプロレタリアート独裁の国家を強化するのは、この独裁を解消するためであることが次のように述べられている。

　プロレタリアート独裁あるいは人民の独裁を強化することは、この独裁を解消し、どのような国家も消滅した、より高い段階に達するための条件を準備することである。[8]

このあとに、「共産党を結成し共産党を発展させることは、共産党とすべての政党を消滅のための条件を準備することである」と述べられている。この個所はヴァルヒヤーが赤鉛筆でアンダーラインを引いている。

革命によって権力を奪取し、プロレタリア独裁により生産力をあげ国家が発展することは、この国家権力、プロレタリアート独裁を消滅させるための準備であると毛沢東は『矛盾論』で弁証法的に考察している。これはブレヒトが考えた国家権力の弁証法的消滅と一致する考えであった。

ブレヒトは一九五四年に、最良の本の名を挙げよ、というアンケートに答えて、『矛盾論』を最良の書と回答している。彼はまた友人の演劇人にたいする手紙等で『矛盾論』を読むようにしきりと薦めている。それは『矛盾論』において、国家権力についての弁証法的考察を知り、若い人々に考えてもらいたいという願望から出てきていると考えられる。

四　官僚主義の国家

それでは、『メ・ティ』の中で、官僚主義の国家がどのように捉えられているか、具体例を見てみよう。

官僚については、全員が官僚になることで官僚主義を防ぐという発想がみられる。

メ・ティは官僚を憎んでいた。だが彼らから逃れるには、すべての人が官僚になる以外にどんな方法もあり得ないことを彼は認めていた。[9]

皮肉のように見える考えだが、どんな料理女も国の政治を導くことができなければならない、とは、マヤコフスキーの詩「ウラジーミル・イリーチ・レーニン」（一九二五年）の、「僕らは教える、料理女のひとりひとりに国をおさめる術を！」を基にした考えである。

ミー・エン・レーは、どんな料理女も国の政治を導くことができなければならない、と言った。国家の変革と料理女の変革を、彼は同時に視野に入れていたのだ。ところで、人はそこから、国家を台所として、台所を国家として整えるのがいい、という教えを引き出すことができる。[10]

『メ・ティ』のこの考えは、一般国民が官僚となることで、国家の変革がなされるばかりでなく、そうすることで国民も変わることを言っている。

一九七二年の東ベルリンのレストランでの筆者は次のような体験をした。私は食事の際の飲み物として、コカ・コーラを注文した。するとウェイトレスは頭から湯気をあげんばかりに激怒して、「コカ・コーラは資本主義的です！」と言った。だから提供できない、ということと考えられた。そのあと私はレストランの物置場の中にあるトイレへ行った。物置場には、ペプシコーラの箱が山と積まれていた。

席に戻って私は、「それでは、どんなコーラがありますか？」と尋ねた。「我々のコーラがある！」そこで「我々のコーラ」を注文した。彼女は、ペプシコーラを持ってきた。ペプシコーラがなぜ社会主義的なのかは、分からずじまいだった。国民がみんな国家と同じことを言う国へ来たのだ、という実感が湧いた。

国民と国家の間に良い意味での闘争があり、両者が変わるためには、あと何年も待たなければならないだろうと思った。

このエピソードは、国民が上から下まで役人になってしまっている例である。全員が役人になってしまったら、支配するものであると同時に支配されるものとなったことを意味する。対立する側面は見えず、上から下まで予定調和的な社会になっているように見えるが、ただ対立する側面がその時点で見えなかったのかもしれない。東ドイツに住んで人びとの政治批判は聞くことが多かったが、それは表に出てはいなかった。

メ・ティは、悪い役人の野心は、自分の存在を不可欠なものにすることだ、として次のように語っている。

> 彼は交通量を軽減するために派遣されている。しかし、彼は交通の邪魔になっている。彼はすることだけでなく何もしないことで高くついている。彼は給料以上に高くついている。**彼の野心は自分が不可欠な存在であることだ。**彼が命じられたことを遂行すれば、かれはその位置に留まる。無能ゆえに遂行しなくても留まる。普通彼は怠惰であるが、しかし彼が勤勉であると、与える害は少なくない（中略）管理することがなくなっても、この管理者は退去しない。[11]（「悪い役人」太字筆者）

この文は一九三六年ころ書かれている。

もうひとつ一九四八年以前に書かれたとされる、同じような官僚主義批判の話がある。これは寓話で『コイナー氏の話』の中におさめられている。

すでにかなり長く職務についていたある役人について、コイナー氏は、かれは無くてはならない役人です、ほんとに良い役人です、と賛美するのを聞いた。「なぜ彼がなくてはならないのですか？」とコイナー氏は怒って質問した。「彼無しでは職務が進まないからですよ」とこの役人の賛美者は言った。「彼無しでは職務が進まないとすると、彼は良い役人ということになるのですか？」とK氏は言った。「かれは長いことかけて、彼が不可欠であるような地位をつくる時間があったのですよ。そもそも彼は何を熱心にやっていたのですか？　君たちに言いたいね、彼がやっていたのは、強請（ゆすり）ですよ！（「なくてはならぬ役人」）[12]

役人の基本的性格は、体制の中のポストに居座ることである。自分の地位を利用して役人は権力を持って国民を「強請って（ゆすって）」いると、コイナー氏は主張する。役人はいつまでもその地位にとどまっていてはならないとブレヒトは考えた。例えば、メ・ティはこういうことも言っている。「国家には、一人の人間を長い間警官にしておく権利はない」と（「警察について」）。

第六章　注

1 Bertolt Brecht: GK. Band 18. S.106
2 ebd: S.152
3 ebd: S.172
4 ebd: S.33
5 ebd: S.456
6 ebd: S.107
7 ebd: S.180
8 Mao Tse Tung: Über den Widerspruch 4. In: Neue Welt.1952. Verlag "Tägliche Rundschau". Berlin. S.1959

9 Bertolt Brecht: GK. Band 18. S.136「国家について」
10 ebd: S.162
11 ebd: S.155
12 ebd: S.450

第七章　メ・ティ、教えることを止める

『メ・ティ』には、「教える人」メ・ティが、教えることを止める話が書き込まれている。この部分の原稿は『メ・ティ』関係の紙ばさみの最後に入っていた。また、「教えることを止める」というモチーフはやはり同じころ書かれた「メ・ティの弟子たちは最早彼らの師を認めない」で寓話風に書かれている。特に後者は何度か書き直された形跡がある。

これらは亡命中の一九三四年から四〇年の間に書かれた原稿である。

なぜ教えることを止めることにこだわったか？　話は次のように展開される。

メ・ティは言った―どんな教師も時が来たら教えることを止める術を学ばなければいけ

ない。これは難しい技である。

自分自身が犯した過ちを弟子がしないように試みたのに、その弟子が今また同じ過ちを犯しているのを、ただ黙ってみているだけというのは無論つらい。[1]

弟子たちが自分と同じ過ちを犯しているのを黙って見ているのはつらい、とメ・ティは言う。弟子はどんな助言も受け取らない、教師は助言を与えてはならない、とは困ったことであるが、メ・ティは「あるがままの状態にものを言わせておく」ことを良しとした。

そしてついにメ・ティは次のような経緯で教えることを止めた。

「メ・ティは弟子たちにとって最良の師であり、最良の友であった」とまずメ・ティの功績が述べられる。弟子たちはメ・ティに支えられて高い水準に達していたので、いたるところで高く評価されるようになっていた。

しかし、ある朝、「見知らぬ男」がやってきた。メ・ティに姿や声が似ていたが、身のこなしは異なり、言葉使いも異なっていた。弟子たちがその男に言われたことをそのとおり、すぐ親しげにメ・ティに告げると、彼は不機嫌そうに弟子たちに背を向けた。この日以来弟子たちはメ・ティを二度と見ることはなかった。

メ・ティはまだ毎日教室へは来たけど、必要なことを片づけて早く立ち去りたいという様子だった。数週間がこのように過ぎた時、メ・ティは「わたしたちはもうこれ以上話し合うことはできない」と言った。

「もうこれ以上話あえない」という言葉を『コイナー氏の話』でも見出すことができる。それは「対話」と題する短い話で、一九四八年以前に書かれた話であると推測される。

> 「もう私たちはこれ以上互いに話すことはありません」とコイナー氏はある男に言った。「なぜですか？」男はびっくりして尋ねた。「私はあなたのいるところでもう何も理性的なことを持ち出すことができません」とK氏は嘆いた。「しかしわたしはそれはかまいませんよ」とその男はコイナー氏を慰めた。「そうは思いますよ」とK氏は憤慨して言った。「しかしわたしにとってはそれは大事なことです[2]」

メ・ティの場合もコイナー氏と同じように、もう何も話すことがない状況、教えることができない状況になっていた。彼は徐々に弟子たちから遠ざかっていく準備をしているかのようだ。

その後メティは弟子たちが何をしようと関心がなくなり、弟子たちの言うことに耳を貸そうとしなかった。それでも弟子たちには数時間は教室で過ごすように命じたが、師は姿を見せなかった。

彼が他国の君子から弟子の派遣依頼をうけて久しぶりに候補者選びに教室を訪れた時、弟子たちは、どうでもいいことを、聞き覚えのない言葉で話していた。メ・ティは、君たちに用はない、と怒って叫んでいた。その時弟子の一人が古い本に書かれている次のような寓話を朗読した。

スン市の代議士が収穫の時にクワン県にやってきた。彼は波打つ穀物畑の隣に広い土地が休耕地になっているのを見た。その土地が良い土地であることを彼は知っていた。彼は農夫のところへ行き、戸口へ呼び出して言った。お前の穀物を刈れ。重い穀物の実で穂が垂れているというのに、しかもスン市の労働者にはパンがないのだ。

しかし、隣の農夫が言った。どうして奴の畑に熟した小麦があるというのか？　彼は春に畑を耕しておかなかったのに。[3]

しばらく沈黙があった。それからメ・ティは、そのころよく姿を見せていた見知らぬ男に向かって「彼らは変わってしまった」と侮蔑した様子で言った。この男もメ・ティが示したよりもやや侮蔑の調子をこめて弟子たちを見つめた。

メ・ティは弟子の手から本をひったくり、床に投げつけて急いで部屋を立ち去った。このようにしてメ・ティの教室は閉じられた。

メ・ティの弟子たちが他の見知らぬ男の影響下に入ったのは、この寓話によれば、メ・ティが弟子たちに教えることを怠ったからであると読める。種をまかないところには実は育たないという古くからの教えが示された。

教えることを止めるのは難しい、と『メ・ティ』では述べられている。

この話はブレヒトの遺品のなかで、原稿の下書きを入れた紙ばさみの最後に入れてあった。何度か書き直されているが、それは話の結末をつけるのに苦労した痕跡と見て取れる。一九三四年から一九四〇年の間に書かれたと推測されるが、これが書かれたのは『メ・ティ』の年代的にはまだ早い段階である。ブレヒトは『メ・ティ』の最後を、執筆の早い段階で予測して作っておいたと思われる。

しかし、「教える」という態度は、人間の上下関係的認識を基礎にしている。どんなに誠心誠意教えても思うようにはいかない時が来る。弟子たちが誤っても、見ていなくてはならない、というのはつらいとメ・ティは言った。成り行きを見ていなければならない、と。「教えることを止める術」と密接な関係のあるこの比喩は、教えることに疑いを持つ者の発言である。

「教える」ことを止めることに関しては、同時期に書かれた詩、「仏陀火宅説話（仏陀の火宅についての比喩）」に、何も悟らない大衆との決別として書かれている。

一 「火宅」から逃げない人たち

「仏陀の火宅についての比喩[4]」というタイトルの詩は、ブレヒトの『暦物語』に入っている詩で、書かれたのは一九三七年で、一九三九年に『スヴェンボル詩集』に掲載された。「火宅」をめぐるこの詩は「法華経」のなかの説話がもとになっている。

「火宅」とは「法華経譬喩品」に、「三界は安きことなし、なお火宅のごとし」と述べられている言葉で、燃えている家のことである。ブレヒトは英訳本でこの話を読んでいる。

この仏陀の譬喩を借りてブレヒトは、危険が迫っても逃げようともしないで、外の様子を伺い、代わりの家はあるのかなど問う、現状を正確に捉えず行動を起こさない人びとに対し、もうどうしようもない、と侮蔑の思いをあらわにしている。

「仏陀火宅説話」と題された詩には次のように語られている。

ゴータマ、仏陀は教えた
我々が繋がれている欲望の車輪の教えを。そして勧めた
すべての欲望（煩悩）を断ち、そうすることによって
無欲な状態で無の中へ、彼がニルヴァーナ（涅槃）と名付けた無の境地に入ることを。
そこである日のこと、弟子の一人が彼に尋ねた。
「師よ、この無とはどのようなものですか？　我々は誰もあなたが勧めるように、欲望をなくしたいのですが、しかし教えてください
我々が入ろうとするこの無とは、どのようなものですか？[4]」

弟子たちは「無」とはどのような状態かと問う。「何」であるかとは尋ねていない。暑いときに水中に横たわってゆったりしている感じか、それとも眠りに落ちるとき、誰が毛布を引きあげてくれたのかわからないような速やかな眠りなのか、と彼らは問う。そして「無は楽しいものでしょうか、心地よい無でしょうか、あるいはあなたの言うように、無はただ無であって、冷たく空虚で無意味な無なのでしょうか」と問う。

仏陀はしばらく黙っていた。それから投げやりに言った

「君たちの問いには答えがないのです」

無についての空虚な議論と質問に仏陀はうんざりしたようである。しかし、うるさく「無」について質問した弟子たちが外出した後、仏陀はパンの木の下に座っていて、質問をしなかった他の弟子たちに、次のようなたとえ話をした。

「近頃私は一軒の家を見た。その家は燃えていた。屋根を炎が嘗めていた。

私は近づき、気づいた。中にまだ人々がいる、と。私は玄関に入り、彼らに「屋根が燃えている、急いで外へ出るように」と促した。しかし人々は急いでいるようには見えなかった。炎が眉毛を焦がしているのに、一人が私に尋ねた。外の様子はどうですか、雨は降っていますか、風は吹いていますか、外に住める別の家はありますか、などなど。答えないで私は外に出た。この人たちは、思うに、問うのを止めないうちに、焼死するにちがいない。本当に、友達よ、床板がまだそれほど熱くないから、それを他の床板と替えないで、むしろそこにとどまりたいという人には私は何も言うことがない」とゴータマ、仏陀は言った。

このたとえ話の後にブレヒトは、火急の状態のところで忍耐強く留まらず、悪い条件のもとで忍耐しないことを考えようと訴えている。

われわれももはや忍耐の技術にかかわらず

むしろ忍耐しない技術にかかわり、
さまざまな提案をこの世のやりかたで出し、人々に説いて
人間を痛めつける者を追い払うようにと考える。
近づいてくる資本の爆撃編隊を前にして、あまりに長い間
これをどう考えるか、どう思うか
革命後には貯金箱と日曜日の晴れ着はどうなるかと問うている人びとには
もうたいして言うことはない。

「火宅」にあって眉を焦がすほどの状況にありながら、「逃げろ！」と行っても逃げ出さないで、行く先の外の様子を尋ねたり、代わりの家はあるか、とか言って、足元が熱くなっても逃げないで家の中にいたい、という人に対して、仏陀は「もう何も言うことはない」と言った。家が燃えていて、やがて焼死するかもしれない状況でも、住居の替えはあるか、と質問するような人びとを、仏陀は見離したとブレヒトは語っている。

仏教の「法華経譬喩品」では、火宅の中で遊ぶ子供たち（ここでは悟らない「大衆」の譬え）を玩具で誘って火宅から助け出すことが書かれている。もっとも、この後の議論では玩具でつ

った、つまり大衆を物欲で誘ったことが問題であると議論されている。

この詩では、仏陀が火宅から人びとを救う気を失ったことが語られている。燃えている家になおも留まって、逃げようとしない人々は、現状を変えたくない。危険が迫っても現状を肯定している人々であり、当時の発想では、資本主義の爆撃編隊が迫ってくるのに、革命後の日常的な些事（貯金箱とか晴れ着とか）にこだわっている人たちとは、ブレヒトはもう多くを語りたくなし、生活を変えることをしない人びとにはもう言うことはない、というのである。

これは、メ・ティにせよ、コイナー氏にせよ、焦眉の急にあっても、現状を悟らず、危険が迫っているのにそれから逃げることをしないで、現状にとどまっているのをよしとする人びとへの最後の通告のように見える。

「火宅」の比喩は、侵略戦争にドイツを駆り立てたナチスの下での民衆を、もうどうすることもできないと考えた当時のブレヒトの考えを表している。

『コイナー氏の話』にある「コイナー氏と満潮」は入り江を歩いていたコイナーさんが、迫りくる満潮からどう身を護ったかが、書かれている。人に頼るのではない、自分自身が助けの舟であることを悟れ、という寓話である。反対に「火宅説話」はこのような態度をとれない人はもう救われようがないことの譬えである。

それでは、メ・ティはなぜ教えることを止めたのか？　見知らぬ男が教室に現れ、生徒たちが関心を持った。一方、メ・ティは以前からの言葉を繰り返し暗唱させ、朗読させていた。

メ・ティにはもう言うことがなかったのではないだろうか？

二　弁証法の衰退を嘆く

『メ・ティ』の中で弁証法は「偉大な方法」と呼ばれて、メ・ティによって説かれ、観察され、社会主義国（ズー国）の現実と照らしあわされている。反ファシズム運動とそれに続く社会主義時代をブレヒトは引き続き『メ・ティ』の中で、政治、経済、集団の行動を含んだ唯物弁証法の視線で考察している。

ズー国（ソ連）でニー・エン（スターリン）がとった政策が経済が第一で政治の問題とされなかったことが問題であったとメ・ティは考えた。

ズー国の成立後、農民と労働者はともに戦い、「彼らの間に民主主義はあった。しかし闘争が激化するにつれて、国家装置が労働者から遊離し、ある種の退行的形態を帯びるようになった。ニー・エンは農民たちの皇帝となった。そのあと労働者の間で階級闘争が緊迫すると、彼は労働者にとっても皇帝となった」と述べたあとで

キン・イェー（ブレヒト）はニー・エンの誤りをひとつあげられるか、とメ・ティに尋ねた。そこで、メ・ティは言った――ニー・エンが計画の組織化を政治的な問題にしないで、経済的な問題にしたのは、誤りであった、と。[5]（「ニー・エンの独裁」）

と述べている。

ニー・エンには、権力についての弁証法的考察が欠けており、政治的なことは経済政策の下に置かれた、とメ・ティは考えた。経済がすべてを説く鍵であったのだろうか？

一九四七年一〇月にブレヒトは亡命先のアメリカで、非米活動調査委員会に喚問された。翌日彼はパリに向けて出発し、数日後チューリヒ近郊に移り住むことにした。この後の『作業日誌』（一二月二六日）に次のような記述がある。彼はルカーチの「ゲーテ・シラーの書簡」を読んで、古典作家の二人が、フランス革命をどのように自分のものとしたかの分析を読んだことを記し、それに続いて

まだ一度も自分たちの革命をやることなしに、今や我々はロシアの革命を〈自分のものとしなければ（verarbeiten）〉ならないだろう、と考えると僕はぞっとする。[6]

と慨嘆している。

ロシア革命とソ連はブレヒトにとって外から見た革命と社会主義国家であったが、彼が最終的に住むことになる東ドイツは革命を経て社会主義国を目指す「ドイツ民主共和国」であった。その革命を「自分のものとする」、つまり、身をもって体験しなければならないことを、ブレヒトは予想し、震えおののくと言っている。

三　メ・ティの最後の言葉

『メ・ティ』の執筆はブレヒトの死の前年、一九五五年で終わっている。ライ・ツゥ（ルート・ベルラウ）への言葉を除くと、同じ紙質の紙にタイプされた「偉大な方法による生き方」と「生きることと死ぬこと」という文が最後の記事となると思われる。テキストとした『ブレヒト全集』の原注によれば、これらはブレヒトが最終的にベルリンに帰還した一九四九年六月より後に書かれたとされる。

メ・ティの言葉は最後に次のように述べられている。「偉大な方法によって考えるばかりでなく、偉大な方法によって生きることが有益である」と。

「偉大な方法」すなわち弁証法的に「考える」だけでなく、「生きること」が有益だという。それに続いて、自己満足するのでなく、自分を窮地に追い込むこと、小さな変化を大きな変化に変えること、などを人は誰でも観察するだけでなく、実践することができる、と述べられている。ブレヒトは、考えるだけでなくそれが行動へと結びつくことを主張してきた。彼は「観察」することではなく「実践」することを求めている。

そして弁証法的に考察し、行動に移すことにより、自分の意識も変え、あるいはそれを目指して努力することもできる。そうすることによって国家の諸制度を矛盾に満ちたものであるとし、発展可能なものにする助けになろう、と主張している。

墨子の言葉を思い出す。

行動に導くことができる言葉を人は絶えず口にしてよい。しかし、その言葉がどんな行動も惹き起こさないならば、その言葉をいつまでも話してはならない。もし人がその言葉が行動を惹き起こすかのようにいつまでも言い続けるならば、それは役に立たないおしゃべりである。（「貴義篇」）

「偉大な方法による生き方」に続く文は「生きることと死ぬこと」と題され、生と死についての弁証法的な考察である。しかし、メ・ティが語ったのでなく、ニ・エン（スターリン）のことばとして述べられている。

ニ・エンは言った。生きることのなかにはたえず死滅することが含まれている。しかし死につつあるものは簡単に死ぬのでなく、自己の生存をかけて戦い、生き延びたものを護るために戦っている。生のなかでは堪えず新しいものが生まれている。生に目覚めつつあるものは、しかし簡単には生まれて来ない、それは絶えず傷つけ、叫び、自分の生存権を主張する。[7]

これは人間一人のこととも考えられるが、むしろ戦いつつ生存し滅びまた生まれる人類の歴史を弁証法的に鳥瞰しての言葉である。

第七章　注

1　Bertolt Brecht: GK.Band 18. S.106
2　ebd: S.23
3　ebd: S.123f.
4　以下の引用は、Bertolt Brecht: GK.Band 12. S.36f. による。
5　Bertolt Brecht: GK.Band 18. S.171 「ニ・エンの独裁」

6 Bertolt Brecht: Arbeitsjournal.　1973. S.804

7 Bertolt Brecht: GK.Band 18. S.193

おわりに

『メ・ティ』は全体的に言って、まとまった書ではない。しかしこの言行録という形式はどこまでも続く形式である。古代中国の思想家墨子の姿に習いつつ、戦乱の中をさまよい歩く行動の人メ・ティの言説を伝えているかのように述べている。発言は現在とその先を見据えてのものである。その姿はたしかに、困難な状況にあってに、未来へ向かって提言する人である。後世の者たちには、メ・ティの言説をヒントとして、彼の提案したことをやれるだけやってみることが期待されていよう。

一九三三年に書いた「僕に墓碑銘はいらない」という言葉で始まる詩で、ブレヒトは言っている。

僕に墓碑銘はいらない、しかし
もし君たちが僕のために墓碑銘が必要なら

その上にこのように書かれることを願いたい。
彼はさまざまな提案をした。我々は
それを受け取った。
そのような碑銘なら
われわれは全員敬意を払われることになろう。

ブレヒトは、一九五六年に五八歳で死去し、彼の家の西隣のドロテーン墓地に葬られた。

文献

〈テキスト〉

Bertold Brecht: Werke. Große kommentierte Berliner und Frankfurter Ausgabe. Suhrkamp Verlag. Frankfurt am Main.1988-1998.

『ブレヒト全集　大注釈付きベルリン・フランクフルト版』全三〇巻。一九八八年――一九九八年

Alfred Forke: 墨翟 Mê Ti des Sozialethikers und seiner Schüler philosophische Werke.Übersetzt von Alfred Forke. Kommisionsverlag der Vereinigung wissenschaftlicher Verleger. Berlin. 1922

アルフレート・フォルケ訳『社会倫理家メー・ティとその弟子たちの哲学的著作』

〈参考文献〉

（一）ベルトルト・ブレヒト（著）石黒英男・内藤猛（訳）『転換の書　メ・ティ』二〇〇四年、績文

堂

（二）藪内清訳『墨子』（「韓非子　墨子」中国古典文学大系5。昭和五三年、平凡社

（三）金谷治訳注『荘子』二〇〇七年、岩波文庫

（四）長谷川四郎『中国服のブレヒト』一九九〇年、みすず書房

（五）半藤一利『墨子よみがえる』二〇一一年、平凡社新書

あとがき

ブレヒトの蔵書のなかに、黒革の分厚い『墨翟　Mê Ti』（アルフレート・フォルケ訳）を見つけたのは、一九八〇年のことであった。許可をもらって中を開けてみたら、そこにはブレヒトの書き込みがたくさん見られた。書き込み、アンダーライン、傍線で関心のあるところが示されていた。ブレヒトはこの本をいつ、どのようにして読んだのだろうという関心が沸き上がった。

ブレヒトが英訳版で中国古典を読んでいたのは知っていたが、『墨翟　Mê Ti』が彼の未完の作品『メ・ティ』にどのような関わりを持っていたのかは不明であった。『荘子』の言葉を劇中にそのまま引用した『ゼツアンの善人』とは関わり方が異なっていると思われた。

ブレヒトは一九三三年にナチスの迫害を逃れて亡命生活に入るとき、携帯する荷物にフォルケ訳『墨子』、日本の般若の面、中国の行者の絵を入れていたと語っている。

フォルケ訳『墨子』はデンマークで友人の哲学者カール・コルシュと共に読み進められた。このころ友人の哲学者・社会思想家ヴァルター・ベンヤミンも訊ねてきて、ブレヒトは自分の『メ・ティ』のプランについても語っている。彼らの問題としては、ドイツの圧倒的な他国への侵略、国民と占領地の国民の弾圧の時に、人はどう生きるべきか?ということであった。ブレヒトは、古代中国の思想家墨翟を装って、第二次世界大戦前後に反戦の立場で活躍した思想家の言行録、『転換の書　メ・ティ』を書くこととなった。

ブレヒトのベルリンの旧居にある資料室保存の蔵書は、部屋で見ることは許されても、コピーを取るために持ち出すことはできなかったし、資料室にはコピー機がなかった。そのときふと、当時研究滞在していた西ドイツのマールブルク大学図書館に同じものがあるのではないか、と思った。結局中国学科の研究室に、フォルケ訳の『メ・ティ』を見つけた時、私は飛び上がるほど喜んだ。早速借り出して、街のコピー屋さんへ行った。『墨子』のコピー本をもってベルリンに戻り、ブレヒト・アルヒーフで、コピー本の中に、ブレヒトの書き込みやら、下線やら、傍線やらを書き入れた。『メ・ティ』関係の原稿は、数年後、『ブレヒト全集。大解釈付きベルリン・フランクフルト版』全三〇巻が刊行され、発表予定であった原稿、さらに紙ばさみに遺された原稿から、『転換の書　メ・ティ』が編集され出版された。この著書がこのブレヒト全集に負うところは大きい。

ブレヒトはメ・ティの言葉と行動をとおして、私たちに何かを訴えているのだ、それを読み取ろう、という気持ちに引かれて考え続け、墨子に絡んだ『メ・ティ』の研究報告を書こうと思いながら、長い年月が経ってしまった。現在の世界情勢にもコロナウィルスの蔓延にも、人類の危機的状況が現れている今、ブレヒトの提言を示すことにより、人にも我にも、考えて行動する刺激を与えられたら幸いである。

四年前にショセー街のブレヒトの旧居を訪れた。中庭のカスターニェの木は大きな葉をつけていて昔の記憶をかすかに呼び起こしたが、資料室のあった建物への入り口は覚えていなかった。フォルケ訳の『墨翟　メ・ティ』は黒い顔をして本立ての中段にいた。「やぁ、また来たよ」と心の中でつぶやき、以前仕事していた図書室に入った。そこには、以前あったブレヒト家の「もしもの時の」大カバン二つはもうなかった。資料室を含む建物全体がブレヒト夫妻の博物館になっていた。

謝辞

この研究を遂行するにあたって、ドイツでの研究滞在をサポートし、時々討論の場を作ってくださったマールブルク大学のピッケロート教授に心から感謝します。

併せて、ドイツ現代文学研究のためドイツ留学に招聘してくださったドイツ学術交流会（DAAD）、ブレヒト研究のためドイツへ派遣してくださった横浜国立大学、研究滞在を許してくださったマールブルク大学、フンボルト大学に感謝します。

最後に、この著書の出版にあたり、同時代社の川上隆社長がこころよく出版を引き受けてくださり、編集、出版にわたりご助力くださいましたことに厚くお礼申し上げます。

二〇二一年五月三日

根本萠騰子

betrunken und damit menschenfreundlich wird. Sein Genuß in der Trunkenheit hängt darum von der Arbeit seines Knechts ab. Hier wird gezeigt, dass die Knechtschft, durch ihre Arbeit, der Herrschft übergeordnet ist. Das schließt an Hegels Dialektik von Herrschaft und Knechtschaft an, die Hegel in der "Phänomenologie des Geistes" erwähnt: "Die Wahrheit des selbständigen Bewußtseins ist das knechtische Bewußtsein."

Der realen Konstellation, die in diesem Stück zwischen Herrschaft und Knechtschaft aufgebaut ist, entspricht zugleich die spielerische. An diesem Stück sind so viele Spiele im Spiel auffällig, die meistens von der Seite Mattis inszeniert und gespielt werden: z.B. Eva, Tochter von Puntila, und Matti spielen Liebespaar im Bad; Puntila und Matti spielen erzählend die Gesindemarktszene; Matti prüft Eva auf ihre Einigung zur Chauffeursfrau; Matti baut für seinen Herrn den Hatermaberg aus Möbeln. Bei Brecht werden die Spiele im Spiel eigentlich als Mittel zum Verfremdungseffekt benutzt. Aber wenn diese Funktion im Zusammenhang mit der hegelischen Herrschft-Knechtschaft-Dialektik betrachtet wird, dass die Knechtschft ihre Überlegenheit gegenüber dem Herrn durch die Arbeit hervorbringt, dann wird es klar, dass hier in diesem Stück das Spiel des Mattis mit der "Arbeit" bei Hegel identisch ist. Also nur durch das Spielen konnte Matti Distanz von seinem Herrn halten und die unmöglische Freundschaft zwischen Herrn und Knecht anschaulich machen. Die Spiele im Spiel wirken daher nicht als Verfremdungseffekt, sondern stellen auch inhaltsverbunden die Überlegenheit der Knechtschaft dar.

第五章　〈補論〉「主人と下僕の弁証法」――『主人プンティラと下僕のマッティ』（ドイツ語要約）

Zusammenfassung des “Exkurs” im 5. Kapitel.

Dialektik von Herrschft und Knechtschaft
――Versuch über “Herr Puntila und sein Knecht Matti” von Bertolt Brecht

Das Volksstück “Herr Puntila und sein Knecht Matti” von Bertolt Brecht wurde 1940 in Finnland auf Gut Marlebaek von der finnischen Schriftstellerin Hella Wuolijoki geschrieben, wo Brecht, verfolgt von den Nazis, mit seiner Familie und seinen Mitarbeiterinnen emigriert war.

Nach der Erzählung und dem Entwurf eines Volksstücks von Hella Wuolijoki hat Brecht ein Stück “Puntila und Matti” geschrieben. Nach seinem “Arbeitsjournal” hatte er vor, “den gegensatz ‘herr’ und ‘knecht’ szenisch zu gestalten und dem thema seine poesie und komik zurückzugeben,” und setzte den Gegensatz von Anfang an voraus.

Gutbesizer Puntila hat einen Doppelcharakter: nüchtern ist er der rechnende Gutsherr, betrunken ist er sentimentaler Menschenfreund. In der Trunkenheit behandelt Herr Puntila seinen Knecht/Chauffeur Matti vertraulich als Freund. Mattei muss sich aber gegenüber dem Sentiment seines Herrn davor hüten, die Grenze zwischen Hernn und Knecht zu überschreiten, sonst würde der nüchtern gewordene Herr seine Existenz ruinieren.

Die Grundbedingung des Modells “Herrschaft-Knechtschaft” führt dazu, dass Herr Puntila nicht arbeitet, sondern durch Befehl von Knecht Matti bedienen lässt, auch wenn Herr Puntilla kam aber deshalb in Verruf, wie Sen entdeckt, weil es als Ware verkauft wird. Wenn man den Intellekt zur vollen Entwicklung bringen will, muss sein Warencharakter negiert werden und seine Nützlichkeit von törichter Verwendung auf Seiten der Herrschenden befreit werden. Darin stimmt diese Behauptung Brechts mit der Forschung Benjamins überein, geisitge Produktionsmittel zu vergesellschaften. In "Turandot" wird nur mit den Worten des Bauern Sen angedeutet, wie man es ermöglicht, geisitige Produktionsmittel zum gemeinsamen Besitz zu machen. Der wahre Befreier, Kai Ho, erscheint niemals auf der Bühne, nur das Gerücht seiner Lehre und Tat verbreitet sich unaufhaltsam. In der Tat befreit er China am Schluß des Stückes, durch einen Aufstand, wie er in der deutschen Geschichte bis dahin niemals geschehen war. Also wird diese Befreiungsgeschichte vom Autor nicht als eine vergangene zurückblickend dargestellt, sondern als eine utopische erhofft, die eine ideale Gesellschaft zeigen sollte, wo die Menschen alle "intellektualisiert" sind und selber denken können, ohne fertige Meinungen von den Tuis zu beziehen.

Zum Zeitpunkt 1953, nach der Unruhe in Berlin, erlebte Brecht viele bittere Enttäuschungen sowohl von der Bevölkerung als auch von der Regierung. Er wollte das Publikum lehren, alles Tuische rücksichtslos auszulachen, sich nicht mehr vom unpraktischen Denken verleiten zu lassen, um in der Zukunft alles neu aufbauen zu können. Er wusste, die Zeit der Tuis würde "eine zeitlang noch weitergehen, so lange bis die intellektuellen dem rest der bevölkerung nicht gegenüberstehen, sondern die ganze bevölkerung intellektualisiert ist."

(in: Die Deutsche Literatur. Herbst 1982. Nr.69. S.111-120)

uell-ins, bezeichnet nach der Difinition im Roman den Intellektuellen "dieser Zeit der Märkte und Waren. Der Vermieter des Intellekts."

Hanns Eisler schlug vor, die Geschichte des Frankfurter Soziologischen Instituts als Handlung des "Tuiroman" zu benutzen. Aus diesem Material aber, dem er zwar einige Tui-Typen" abgewinnen konnte, ließ sich keine Handlung entwickeln, die den ganzen Roman tragen könnte.
Die Beschäftigung mit diesem Problemkomplex ergab jedoch das Hauptthema von "Turandot": der wissenschaftlichen Forschung, wenn sie auf die finanzielle Unterstützung durch die herrschende Klasse angewiesen ist, wird nicht erlaubt, die Ergebnisse vorzuzeigen, die ihrem Klassenintersse widesprechen, ——die Tuis müssen dann weißwaschen, d.h. lügnerische Formlierungen erfinden, um die Wahrheit zu verdecken. Darum werden die Tuis "Weißwäscher" oder "Formlierer" genannt.

Den Zuschauern liefert das Stück "Turandot" Anschauungsmaterial; gezeigt wird, wie die Meinungen verkauft werden, wie kläglich lügnerische Formlierungen den Tuis mißlingen. Das alles betrachtet die Zuschauerfigur im Stück, der alte Bauer Sen, der sich trotz seines Alters zu einem Tui bilden will. Brecht brachte diese Figur auf die Bühne, damit das DDR-Publikum an ihrem Verhalten lernen kann, zwischen praktischem und unpraktischem Denken zu unterscheiden. "Turandot" zeigt, wie der Intellekt, wenn er nicht "eingreifend" denkt, durch Liebedienerei verfault, und wie durch ihn das Denken sowohl verdorben als auch diskreditiert wird. . Das Denken ist aber doch "das Nützlichste und Angenehmste, was zu tun es gibt." Es

付　録　Anhang

第三章　〈補説〉『トゥイ小説』と『トゥランドット』におけるブレヒトの知識人問題　（ドイツ語要約）

Zusammenfassung　des “Exkurs” im 3. Kapitel.

Lehre über den Tuismus in Brechts “Tuiroman” und “Turandot”

Das Exil ab 1933 veranlaßte den “grossbürgerlichen Schriftsteller” Brecht notwendigerweise dazu, sich über die Rolle der Intellektuellen in der Zeit des Faschismus Gedanken zu machen. Beim Gespräch mit Walter Benjamin über dessen Abhandlung “Der Autor als Produzent” stellte er fest: der Schriftsteller ist am Punkt der Fortentwicklung seiner Produktionsmittel mit den Interessen des Proletariats soldarisch.” Das entspricht seiner Meinung, dass die “Intellektuellen nur durch die Revolution sich eine Entfaltung ihrer (intellektuellen) Tätigkeit erhoffen können.”

Rückblickend auf das “goldne Zeitalter” der Weimarer Republick und die darauf folgende Nazizeit versuchte Brecht im Exil in Dänemark und den USA, die literarischen Komplexe “Tuiroman” zu schreiben, die leider außer dem satirischen Stück “Turandot oder Der Kongreß der Weißwäscher” fragmentarisch blieben. Alle diese Arbeiten sollten “den Mißbrauch des Intellekts” behandeln. Der “Tui”, die Anfangsbuchstaben des Tellekt-

著者紹介

根本萠騰子（ねもと・もとこ）

1941年1月茨城県生まれ。東京大学文学部ドイツ文学科卒業。東京大学大学院人文科学研究科修士課程修了。東海大学、横浜国立大学人間科学部教授、帝京大学文学部教授を経て、横浜国立大学名誉教授。

専門分野：現代文学、現代思想。

著書

『文学に現れた現代ドイツ』（共著）　三修社

『身ぶり的言語　ブレヒトの詩学』鳥影社

『崩壊の時代に——文明と歴史をかえりみる』（共著）同時代社

『文学の中の女性　擬態か反抗か』近代文芸社

『人間の内なる自然——心に響く文学作品を読む』ブイツーソリューション

戦乱の時代をどう生きるか？

——ブレヒトと墨子『転換の書　メ・ティ』の考察

2021年7月20日　　初版第1刷発行

著　者　　根本萠騰子

装　幀　　クリエイティブ・コンセプト

組　版　　有限会社閏月社

発行者　　川上　隆

発行所　　株式会社同時代社

〒101-0065　東京都千代田区西神田2-7-6

電話　03(3261)3149　FAX　03(3261)3237

印　刷　　中央精版印刷株式会社

ISBN978-4-88683-902-2